DU MÊME AUTEUR

Aux Éditions Gallimard

LE TEMPS D'ARRIVER, coll. « L'Arpenteur », 2013.

AVEC LE FEU, coll. « L'Arpenteur », 2018.

L'Arpenteur

Collection créée
par Gérard Bourgadier

dirigée
par Ludovic Escande

Je ne sais pas encore souffrir comme il faudrait,
et cette grande nuit me fait peur ;
mais si c'est là ta nuit, qu'elle me soit pesante,
qu'elle m'écrase,
que toute ta main soit sur moi,
et que je me perde en toi dans un cri.

RAINER MARIA RILKE
Le Livre de la pauvreté et de la mort

Marseille, juillet 2054. À la suite d'une succession de graves crises économiques, les États de l'Europe occidentale se sont effondrés les uns après les autres. Nouvelle capitale de la France depuis l'indépendance de Paris, la cité phocéenne est le théâtre d'une guerre civile qui dure depuis trois longues années. Le pouvoir néolibéral en place s'appuie sur l'armée pour étouffer la contestation. Il contrôle encore le centre-ville et le port, mais il doit faire face à la progression des rebelles au nord ainsi qu'à l'annexion du sud de Marseille par la France Brillante, une coalition fasciste.

Cœur 1

SOHAN

Comment tu peux supporter que d'autres décident à la place de ton cœur ?

Il suffit d'un signe, une infime ressemblance qui surgit au coin d'un visage, et la question de Layla revient comme une morsure. L'inconnue fuit mon regard, disparaît au bout de la rue. Un homme me bouscule, je serre le poing, je n'ai pas fait tout ce chemin et pris autant de risques pour me perdre dans mes pensées. Pour m'égarer aux côtés de son fantôme. Je jette un coup d'œil à ma montre, presque cinq heures déjà, je dois me grouiller. Je me dirige d'un pas pressé vers les anciens docks. La foule se fait plus compacte. Je n'en peux plus de cette ville. Demain matin, je l'aurai effacée de ma vie.

Le passage d'un blindé soulève un nuage de poussière. Je me frotte les yeux, ces satanées lentilles me démangent. Je crève d'envie de les enlever, mais ce serait de la folie. Le voile se dissipe, laissant apparaître devant moi un capteur accroché à un lampadaire. Il étudie chaque visage, mais, grâce au brouilleur intégré à mes lentilles, il me prend pour quelqu'un d'autre. Un citoyen-mouton qui n'a rien à se reprocher.

Je dépasse un vieillard qui agite des laissez-passer. Autour de lui, une famille se dispute, des enfants tirent son manteau. Des curieux flairent le bon plan et s'approchent. Tous membres d'une constellation d'espoirs qui descend chaque jour dans cette zone pleine de promesses.

Ce bord du monde.

On l'appelle « le quartier des hôtels » à cause des multiples établissements qui débordent de candidats à l'exil. Ici autrefois s'élevait un port de commerce glorieux. Avant que la grande roue du néolibéralisme tourne, broyant les dockers et renvoyant les marchandises vers des quais plus rentables. À la suite de ça, à la fin du siècle dernier, le port s'est peu à peu transformé en paradis capitaliste, avec ses centres commerciaux clinquants d'un côté et son pôle économique de l'autre. Mais aujourd'hui, terminé l'éden des vendeurs d'argent, place au paradis des commerçants de l'exode et des marchands de sommeil. Derrière les murs qui m'entourent, selon votre budget, vous avez le choix entre différents standings, ça peut aller d'un matelas infesté de puces dans un supermarché réhabilité à une suite cosy aménagée pour les plus riches dans d'anciens bureaux. On vient des quatre coins de la France, des hommes et des femmes désireux de trouver un moyen de partir. Certains sont contraints de prendre une chambre ici alors qu'ils habitent Marseille, mais pas dans la même zone... Des migrants débarquent de plus loin, de toute l'Europe, et beaucoup se retrouvent piégés, ne pouvant plus quitter la ville faute de visa de sortie.

Je traverse la rue des ambassades. À son extrémité, suspendue entre le bitume et la mer, celle de la

République du Maroc, qui s'est installée dans l'ancien centre commercial. Le drapeau du pays dont tout le monde rêve flotte fièrement au sommet du quartier des hôtels.

Les trottoirs ne sont que files d'attente, longues comme cette guerre. Devant des fonctionnaires impassibles, on implore, on fond en larmes, on ment. On dépose aux guichets d'imposants dossiers pour solliciter un départ. Depuis le black-out d'Internet au printemps 2051, la paperasse est redevenue reine. Les plus chanceux reçoivent un tampon vert sur leur passeport, sésame pour plier définitivement bagage. Je n'ai pas droit à cet espoir. Obtenir un visa implique de se soumettre à un prélèvement ADN. Et le mien dément mes faux papiers... Mon sang, comme mon regard, est classé rouge dans les fichiers de l'armée, associé à celui que je suis vraiment. Un danger public.

Une main se pose sur mon épaule, je sursaute. Nathan, un camarade, me salue avant de m'entraîner à l'écart du flux.

« Alors, c'est pour cette nuit, Sohan ? »

Je hoche la tête, non sans avoir balayé le périmètre du regard. Mes yeux s'attardent un instant sur la cicatrice qui traverse la joue de Nathan. J'étais à ses côtés quand il s'est pris ce coup de poignard l'hiver dernier.

« Bonne chance, mon ami, me glisse-t-il à l'oreille, tu vas nous manquer.

— Merci Nathan. Toi et ta moustache allez me manquer aussi. »

Il me prend dans ses bras en riant. Avant de disparaître en un instant, comme nous autres savons si bien le faire. Il fait partie de ceux que je vais regretter. Tout à coup, la solitude me pèse. Je me dois de la dompter, elle qui devient ma compagne.

Je remonte jusqu'au bâtiment des écrivains publics. Là, une dizaine de rédacteurs se font payer par des aspirants à l'exil pour composer des lettres administratives gorgées de formules de supplication. Le vieux climatiseur toussote, les éventails dansent devant les peaux luisantes. Ça fait une semaine qu'on n'est pas descendu sous les cinquante-cinq degrés. Juillet d'enfer. Un type qui vient de faire un malaise est couché dans un coin. Un médecin est à ses côtés, je le vois vérifier le nombre de crédits-santé qu'il reste à son patient. Spectacle habituel. À côté de moi, un grand gaillard vêtu d'une djellaba d'un blanc étincelant explique à sa voisine qu'il est ici pour parfaire sa demande de visa. Il souhaite rejoindre son fils à Casablanca.

« C'est vrai tout ce qu'on raconte, vous savez ! C'est la belle vie là-bas. Y a du travail pour tout le monde, les rues sont climatisées... »

On appelle un numéro. C'est le sien. Aussitôt installé devant la rédactrice, il se met à déclamer avec emphase. Elle est aussi calme que lui est agité. Elle a un beau visage, long et rassurant. Deux grains de beauté se côtoient sur sa joue gauche. Des mèches rebelles tombent jusqu'à la table. Ses gestes sont précis, la chaleur ne semble pas l'atteindre. L'observer m'apaise. Elle met un point final à la lettre et la tend à l'homme. Je m'empresse de prendre sa place.

« Qu'est-ce que je peux faire pour vous, monsieur ? me demande-t-elle sans lever les yeux.

— J'ai besoin que... »

Elle me fixe à présent. Je fuis son regard, à la fois agacé et intimidé.

« Besoin que ?

— Je veux que vous m'aidiez à écrire une lettre d'adieu. »

Elle secoue la tête en grimaçant.

« C'est pas vraiment le genre de lettre qu'on nous demande d'écrire ici, je ne...

— Vous pouvez le faire, s'il vous plaît ? »

Elle fuit mon regard, sourit à la personne qui s'impatiente derrière moi.

Je jette un coup d'œil au tarif indiqué au-dessus de l'écrivaine. Je sors de ma poche le double de ce qui est demandé et dépose la liasse devant elle.

« Gardez tout. J'ai besoin que ce soit une *très* belle lettre, vous comprenez ? »

Elle jauge un instant les billets avant de me faire un signe de tête. Je lui tends le brouillon que j'ai écrit. Elle le prend du bout des doigts et le déplie en faisant la moue.

Une heure plus tard, je quitte la rue des ambassades, ma lettre en poche. Je m'allume une clope en repensant aux belles formules que l'écrivaine a trouvées. Je fais quelques ronds de fumée qui s'élèvent pour rejoindre ce ciel impossible. Depuis plus de deux semaines, une chape de plomb nous écrase. Les usines d'armes de Fos-sur-Mer, au nord-est de la ville, tournent à plein régime et nous envoient leurs émanations toxiques, qui, aidées par la canicule, se scotchent au-dessus de nos têtes. En fixant intensément cette brume, j'y décèle des reflets orange et verts. J'isole une odeur de soufre au milieu des effluves de sueur et de poubelle qui m'entourent. On annonce du mistral pour cette nuit. Ça devrait dissiper ces nuages pour un temps. Peut-être qu'avant que la nuit s'achève, juste avant mon départ, je verrai une dernière fois ce ciel qui m'a vu naître.

Je bifurque par une rue parallèle, je longe des bouges où de véritables artistes de la contrefaçon exercent, capables de vous réinventer une identité, une nationalité, une vie. Je croise des silhouettes qui errent de combines en mensonges afin de dénicher ne serait-ce qu'un indice pour obtenir un billet de cargo abordable. Grâce à mon réseau au sein de la rébellion, j'ai eu vent d'un plan, cher, mais qui permet d'éviter tout contrôle et de vous faufiler comme un rat dans la cale d'un bateau. J'ai rôdé ici pendant une semaine pour m'assurer que ce ne soit pas une embrouille de plus.

J'emprunte un trottoir où des hommes tapinent, certains me jettent des regards méchants, je n'ai pas la gueule d'un client, ils pensent sûrement que je viens racoler à mon tour, trouver de l'argent à tout prix. L'un d'eux me pousse dans le caniveau. Je suis à deux doigts de riposter, moi qui ai fini par être de ceux qui rendent chaque coup porté. Mais ce n'est pas le moment d'avoir des problèmes. Un type m'aide à me relever. Je lui demande de m'indiquer le Perroquet rouge.

« Viens, je connais bien, c'est sur mon chemin. »

Je le suis, mais voilà qu'il m'amène devant un café qui porte un autre nom. Il m'assure qu'ici je trouverai des tickets moins chers. Il me tient le bras. Je le pousse violemment contre le mur et disparais sous ses insultes. Je tourne encore un peu et finis par tomber sur le bon endroit. Les néons rouges qui surplombent l'entrée du bar grésillent sur mon passage. On me fait traverser l'obscurité, dans laquelle je distingue des bouteilles de vodka et des hommes qui prennent des paris autour de billets de banque trop abîmés par les voyages. Je me retrouve dans une petite pièce sans fenêtre, assis face à trois types. Je pose mon sac sur la table. À l'intérieur, toutes mes économies, ajoutées à celles de mon frère. Les passeurs me mitraillent de questions.

« Pourquoi t'as besoin de nous ? Tu peux pas t'acheter un visa avec cette thune ?

— C'est quoi, ton histoire ? Qu'est-ce que t'as fait comme connerie pour avoir besoin de foutre le camp en douce ?

— Croyez-moi, vous n'avez pas envie de savoir. »

Je leur tiens tête. Ils me testent, ils veulent savoir quelles emmerdes je vais apporter avec moi dans la cale du bateau.

« C'est quoi cette cicatrice que t'as au front ? Elle a l'air récente.

— Couteau. Celui qui me l'a faite boitera jusqu'à la fin de sa vie. Ça suffit avec vos questions, j'ai la thune, qu'est-ce qu'il vous faut de plus ? »

J'en ai ras le bol de jouer au dur. L'un d'eux compte rapidement les billets puis fait signe à un adolescent posté derrière moi. Il me donne un papier plié que je lis en diagonale pour m'assurer que tout correspond.

Rendez-vous 5 h 30 (...) *place Sadi-Carnot* (...) *le reste de la somme* (...).

« Et si jamais je ramène de quoi faire passer une deuxième personne ? »

Les types se marrent, le plus vieux d'entre eux m'affirme que pour un voyageur de dernière minute c'est le même tarif majoré de vingt pour cent. Il crache par terre et me rappelle d'être à l'heure demain matin. Il est temps de dégager. Je passe la porte, mais l'un des hommes me lance une ultime mise en garde.

« Sois pas en retard. Et t'as pas intérêt à nous créer des embrouilles. »

Je me garde bien de leur dire qu'à l'heure qu'il est je n'ai plus un rond.

Une fois dehors, je perçois de l'agitation, je lève les yeux vers la grande horloge. Bientôt sept heures, première étape des privations des libertés nocturnes. Tout est minuté. L'heure de fermeture des zones, l'heure où il est interdit d'effectuer des transactions et de s'adonner à des jeux d'argent, l'heure des premières rondes militaires. Et des expéditions punitives.

Je rentre dans une cabine de distribution d'oxygène. Je souffle un grand coup, m'essuie longuement le visage. Je tapote mon code personnel, plaque le masque poisseux sur mon nez. Le compteur s'enclenche, deux minutes, j'épuise mes derniers crédits. Mes poumons semblent s'élargir. Sur l'appareil, une affichette usée à la gloire d'Erca, notre président-maire, qui nous offre gracieusement quelques doses par mois d'air pur des montagnes. Je gratte son visage jusqu'à ce qu'il s'efface. À la suite de l'indépendance de Paris en 2049, il y a cinq ans, les présidents de région et les députés ont dû élire un chef pour conduire la politique d'une nouvelle France. Alors ils l'ont choisi lui, Grégoire Erca, maire de Marseille. Une enflure libérale de la pire espèce, qui s'est retrouvée par un tour de passe-passe patron du chaos. Depuis sa prise de fonction, il a instauré un État policier tout en s'appliquant à vendre ce qu'il reste des entreprises françaises à des oligarques russes ou chinois.

Mon attention glisse derrière la vitre de la cabine. Au coin de la rue, je remarque un homme appuyé contre un mur. Il m'observe. Je soutiens son regard, je le reconnais. Le type qui m'a bousculé tout à l'heure. Un flic en civil ? La machine s'éteint. Je sors, prends la direction opposée, il me suit, je parviens à le semer. J'atteins d'un pas pressé la barrière de la porte d'Aix. Ce fier arc de triomphe, qui accueillait encore il y a peu les automobilistes arrivant par l'est et le nord, est à présent un checkpoint entre le quartier des hôtels et les zones du centre-ville. Tout est bon pour devenir frontière. Mon laissez-passer, fabriqué par les mains habiles de notre faussaire, me permet de franchir les contrôles et de rentrer chez moi.

Comment tu peux supporter que d'autres décident à la place de ton cœur ?

Je jette dans la baignoire ses lettres, toutes nos photos, les quelques vêtements qu'elle avait laissés. On ne doit rien trouver qui m'associe à elle. Les militaires viendront sûrement fouiller un de ces jours. Je m'allume une clope et lance l'allumette sur ce que ma vie a connu de meilleur. Les flammes dévorent les sourires et les mots. J'évacue les cendres, le siphon engloutit, tout disparaît. Ne reste que le souvenir de son long corps immergé. Ses pieds jouent avec la mousse, je suis assis sur le rebord, ma main dans ses cheveux. Elle m'arrache la cigarette de la bouche et la porte à ses lèvres, ses yeux toujours plantés dans les miens. Une moue malicieuse se forme sur son visage.

Je fais trois fois le tour de l'appartement, je vérifie que je n'ai rien oublié de suspect. Entre autres choses, mon grand frère m'a appris à ne pas laisser de trace. Des gamins pirates qui jouaient dans le grenier jusqu'aux hommes miliciens, les habitudes sont restées. Je m'écroule sur le canapé et ferme les yeux. Prolonger ces derniers moments entre ces murs. Ici, je me suis toujours senti un peu protégé. Mes membres se détendent, mon esprit s'évade de nouveau. Layla enfile son peignoir blanc et vient me rejoindre en sifflant un air composé par mon grand-père. Ses pieds font grincer le parquet et y déposent des marques humides. Elle s'assoit à mes côtés. J'écoute sa respiration, au rythme rapide, même dans les moments calmes. Comme si elle se préparait à chaque instant à prendre le départ d'un 110 mètres haie. Sur son front, des gouttes de sueur apparaissent. Elle commence à me raconter une histoire qu'elle a entendue la nuit passée. Celle d'une avocate qui tous les matins, avant de se rendre à son travail, embarquait dans son sac à dos ce qu'elle avait de plus précieux : photos de famille, bijoux, talismans, médailles de son mari décédé. Elle faisait ça au cas où son habitation serait détruite pendant son absence. Et le soir, elle revenait avec tout ce bazar et le remettait en place dans l'appartement. Par ce rituel, elle avait choisi de ne plus s'éloigner des derniers souvenirs qui la raccrochaient au monde d'avant. Layla recueillait essentiellement des récits très durs, mais elle savait que je préférais entendre les lumineux, ceux auxquels je n'avais plus accès depuis mon univers de luttes souterraines. Je glisse ma main sous son peignoir pour rejoindre sa peau. Je serre sa cuisse fermement. Elle conclut son histoire, en commence une autre. Une moto passe à toute berzingue en bas de l'immeuble, je rouvre les yeux sur les murs vides. Je me lève difficilement et observe une dernière fois la vue depuis le balcon. Notre-Dame-de-la-Garde domine, mes pupilles descendent sa colline avant d'atteindre le château d'If et les îles du Frioul, territoire pelé au large de la ville, abritant à présent des nuées de drones et d'hélicoptères prêts à décoller à la moindre alerte. Sur la côte des îles, on peut deviner les longs canons magnétiques destinés à détruire toute embarcation clandestine qui quitterait la ville.

Avant de sortir, je jette un coup d'œil à la gamelle de Tornade. Pincement au cœur, porte qui claque.

C'est comme s'il ne voulait pas disparaître. Le soleil s'approche de la ligne d'horizon, mais, à presque dix heures du soir, sa lumière nous enveloppe toujours. Derrière moi, deux clients du bar se plaignent de la chaleur. On est impatient de perdre quelques degrés. Avec un peu de chance, le mistral nous fera descendre au-dessous de quarante-cinq. On attend ce vent comme le Messie, et quand il sera là on le maudira à cause de toute la poussière qu'il nous projettera au visage, de toutes les saloperies qu'il trimbalera dans l'air, de tous les capteurs que ses rafales allumeront, déclenchant des cris synthétiques qui empêcheront le quartier de dormir. J'efface avec mon pouce une marque sur la vitre. Je finis mon verre, viens en commander un autre au comptoir. Les deux ventilateurs accrochés au plafond tournent à fond et semblent près de se détacher. À mes côtés, deux hommes parlent du bombardement d'hier, une prétendue cachette de rebelles qui aurait été rayée de la carte, pas loin de l'ancienne usine de traitement des déchets du quartier de l'Estaque, au nord-est de la ville. Ainsi qu'une dizaine d'habitations autour. Ça n'a aucun sens, nous n'avons plus de planques dans le coin depuis longtemps.

Yanis me ressert un whisky et crie un « dernière commande » tonitruant. Il m'invite à le rejoindre près de la porte de la réserve. Il me tend discrètement un dossier cartonné. Il me l'a gardé de longs mois : là où je vivais, je n'avais pas trop intérêt à cacher de choses précieuses. Je serre l'épaule de Yanis en guise de remerciement. Je lui confie une enveloppe qui contient la lettre rédigée par l'écrivaine publique.

« Si jamais il m'arrive quelque chose, Layla reviendra sûrement ici. Ce jour-là, tu lui donneras cette lettre. »

Il acquiesce avec fermeté et retourne servir les clients.

Lorsque Layla venait dormir chez moi, on avait pour habitude de prendre notre petit déjeuner ici, dans ce café du boulevard de la Station. Elle avait insisté pour que je me familiarise avec mon quartier.

« Un jour, ça te servira. »

Un client n'a pas assez pour payer. Le ton monte. Mes yeux vont caresser une dernière fois la petite table du fond. Notre table d'ancrage. À peine réveillés, on partageait le journal en deux après s'être lu à haute voix l'horoscope et les faits divers. On avait notre place juste à côté de la vitre et on observait les passants, on imaginait leurs vies, on se demandait d'où ils venaient, où ils allaient. Pour me convaincre de faire ça, elle répétait cette phrase qu'elle avait entendue dans un film, *y a qu'à s'intéresser aux choses et les trouver belles.* Depuis, la guerre nous a fait vieillir trop vite, il a été de plus en plus difficile de trouver les choses belles. On s'est tous les deux peu à peu interdit l'insouciance. Chacun à notre manière, il a fallu se battre. La silhouette de Layla s'efface, une autre prend sa place, celle de Dorian, mon frère, qui un jour de juin 2050 m'a pris entre quatre yeux à cette même table pour me parler de ce mouvement rebelle dans lequel il venait de s'engager. À l'époque, on militait ensemble à Combat, un parti anticapitaliste, aux côtés de camarades qui travaillaient comme nous à la fabrique de climatiseurs de l'Estaque. Mais l'instauration d'une nouvelle loi menaçait notre liberté de manifester et même de nous réunir. En silence, j'ai écouté mon frère m'expliquer pourquoi il était temps de prendre les armes. Toute opposition au pouvoir était progressivement muselée. Les principaux médias appartenaient aux amis d'Erca. Plus aucune voix ne pouvait s'élever contre la politique du gouvernement sans risquer la prison. Pour contrer cela, l'extrême droite commençait à s'allier avec des milices populaires. On ne devait pas laisser aux fachos le monopole de la rébellion, il fallait continuer à se battre contre ces deux pouvoirs, mais changer de méthode. Déboussolé, j'encaissais sa proposition de le suivre. Mes mains moites enserraient une tasse de café froid. Je me souviens avoir bêtement fixé le liquide noir, comme si la solution à tous nos problèmes allait en surgir. Depuis toujours je suivais mon aîné partout, c'était mon phare dans cette vie où mes parents travaillaient si tard que je ne les voyais plus. Et en grandissant, j'ai fait miennes les convictions de Dorian. Quelques jours après que j'ai soufflé mes quatorze bougies, il m'a tiré du lit à l'aube. Sur l'écran de la télé, des traders affolés s'arrachaient les cheveux à Paris et à Londres. Le premier gros krach boursier venait d'avoir lieu. Dorian m'a annoncé que je n'irais pas au collège ce jour-là : je le suivrais à une manifestation anticapitaliste improvisée sur la Canebière. Par la suite, je n'en ai pas raté une seule, jusqu'à ce qu'elles soient interdites.

Yanis sonne la cloche. Le Bar de la Station ferme, comme tous les établissements de la ville. Dans trente minutes, le couvre-feu tombera sur Marseille, laissant les rues aux militaires et aux chats errants. Je finis mon whisky, le seul du quartier qui ne soit pas coupé, croque les glaçons. Je sors avec les derniers clients. Les « bonne nuit » fusent, les silhouettes se dispersent, avec cette démarche que j'envie : celle des êtres qui n'ont jamais été poursuivis. Le rideau métallique grince derrière moi, j'ajuste mon sac. Je jette un coup d'œil à l'horizon. Le soleil se couche sur les îles du Frioul en leur écrasant les épaules.

Quand le jour reviendra, je ne serai plus là.

À chaque pas, la crosse du pistolet attaché sous mon sac vient me taper le bas du dos. Pour me donner du courage, je fredonne un des airs de mon grand-père. Mes yeux caressent le bitume jusqu'à ce que, un peu avant la passerelle qui enjambe l'autoroute, le bruit de leurs godasses me surprenne. La patrouille est composée de dix hommes. Le plus vieux s'adresse à moi.

« Vos papiers, s'il vous plaît.

— Il n'est pas encore vingt-deux heures trente, lieutenant, je rétorque.

— Je sais, j'ai l'heure. Je t'ai demandé quelque chose. »

Je lui tends ma carte d'identité et mon attestation de logement.

« Dis donc, tu vas pas dans la bonne direction, lance-t-il en lisant mon adresse. Tu vas rater l'heure du couscous ! »

Ils se mettent tous à rire grassement. Je serre les poings et ravale ma rancœur. Je jette un coup d'œil à l'un des militaires, maghrébin lui aussi. Mais du bon côté. Il reste impassible.

« Je vais simplement déposer quelque chose chez une amie de l'autre côté de la passerelle. »

Le soldat maghrébin, avide de faire du zèle, devance la question de son supérieur : « Et c'est quoi, ce quelque chose ? »

Ils me fixent tous, les mains serrées sur leurs fusils-mitrailleurs. Je connais bien ces regards, ils ont été vidés de toute humanité. J'enlève mon sac à dos en prenant soin de leur cacher la partie où mon arme est attachée.

Le lieutenant sort le dossier cartonné. Il éclate de rire en l'ouvrant. Il le montre à ses soldats qui se sentent obligés de se marrer eux aussi.

« T'es musicien ?

— Oui.

— Et ça te sert à quoi ?

— Je donne des cours de solfège. Je vais déposer ces partitions à une élève.

— Tu vas me faire croire que tu donnes des cours de solfège, toi ? On aura tout vu. Bon, allez, grouille-toi, et qu'on te recroise pas après la demie, sinon t'iras donner tes cours de pipeau en prison. »

Ils s'éloignent en riant. Je me prends à espérer qu'ils crèvent sous les balles de mes camarades. Et que les moins cons d'entre eux nous rejoignent pour continuer à déstabiliser le pouvoir en place.

Le bruit des rangers disparaît, je me remémore ce soir où Layla et moi on s'est fait contrôler la première fois. On se promenait collés l'un contre l'autre sur le Vieux-Port. On a naturellement bifurqué vers le quartier du Panier. Le découpage de la ville était tout frais, on ne faisait pas trop attention aux frontières, pas encore clairement tracées. Layla s'emportait au sujet de son propre travail, elle voulait tourner des films plus bruts, plus engagés. Deux militaires nous ont arrêtés pour nous demander nos papiers, mais on n'avait sur nous que nos cartes d'identité, pas nos attestations de logement. Ils nous ont menacés jusqu'à ce que Layla et le plus jeune des soldats se rendent compte qu'ils étaient à l'école ensemble. Je me souviens avoir été jaloux de ce mec qui l'avait connue petite fille. J'aurais voulu lui emprunter sa mémoire à ce con.

Je franchis la passerelle. Au-dessous, des voitures brûlées et un char retourné. Il ressemble à un scarabée incapable de se remettre sur ses pattes. Plus loin, des chiens errants se disputent une carcasse. Je jette de brefs coups d'œil autour de moi et pénètre d'un pas rapide dans l'enceinte de l'ancien hôpital. Je décroche mon arme. Un pistolet à impulsion électrique, compagnon idéal pour la nuit que je m'apprête à vivre. Mais tout ce que je souhaite, c'est le balancer à l'eau demain matin et le voir disparaître dans les vagues.

Je longe une cour reconvertie en piètre potager. Des familles entières sont venues se réfugier ici après la destruction de leurs habitations. Mon cœur se serre en croisant le regard d'un enfant affamé. Un peu plus loin, je me joins à un groupe qui entoure un climatiseur dernière génération, probablement volé. Je reconnais ce modèle, j'en ai assemblé plein des comme ça. Vingt ans de ma vie à suer au-dessus de ces foutues machines de survie. Pour un salaire de misère. On est une quinzaine, réunis autour de l'appareil qui nous envoie de l'air frais. Un homme murmure une prière, ses mains calleuses placées devant sa poitrine. Sa compagne lui tient le bras, mais ses lèvres restent closes. Près d'eux, trois adolescents se disputent à propos du fonctionnement du climatiseur, en se demandant comment ils pourraient augmenter sa puissance. En face d'eux, à mes côtés, deux petits vieux qui doivent avoir plus de quatre-vingts ans s'amusent à s'approcher au plus près de la soufflerie. Leurs cheveux dansent.

Les êtres qui m'entourent n'ont plus rien. Le monstre capitaliste leur a tout pris. Dans les années qui ont suivi le krach de 2034, les banques ont fait faillite les unes après les autres, emportant toutes nos économies. Le cap ultralibéral est resté le même et a abouti à un deuxième chaos boursier en 2042. L'arrêt des aides américaines et chinoises a entériné la crise et les moindres replis de notre vie quotidienne se sont retrouvés atteints. Les produits de base ont commencé à manquer et les prix se sont envolés. Des soupes populaires géantes se sont peu à peu organisées, tandis qu'un vaste trafic de denrées alimentaires se mettait en place. Et puis l'arrivée d'Erca est venue parachever la misère : tickets de rationnement inégalement distribués, nourriture avariée, zones rurales livrées à la famine.

La première sirène retentit, un enfant bondit et montre du doigt le ciel. D'autres cris métalliques s'élèvent aux quatre coins de la cité. Le couvre-feu est enclenché jusqu'à demain cinq heures, dans toutes les zones. Toute personne surprise dans la rue est susceptible d'être abattue sans sommation.

Tout comme le couvre-feu, le découpage de la ville a bouleversé le quotidien des Marseillais. L'État y a eu recours pour désorganiser les rebelles et contrôler les allées et venues des habitants. Interdiction de déménager ou même de se déplacer hors de sa zone, à moins d'avoir un laissez-passer qu'on ne peut obtenir que si l'on travaille loin de chez soi. Grâce à un camarade, j'ai pu me faire fabriquer un de ces précieux sésames, qui me permet de me rendre dans tous les districts, dont celui de Layla. C'est comme ça que notre histoire a tenu encore un peu. Mais de nombreux couples ont dû se séparer. Ça a été une période terrible pour l'amour.

Je dévale les escaliers qui mènent au sous-sol, zigzague entre les brancards et les silhouettes endormies. Ici commence ma descente dans les entrailles de la ville. Il y a presque vingt ans, après l'explosion d'une usine chimique à Martigues, à l'est de Marseille, un ensemble de galeries a été creusé. L'air était devenu irrespirable, certains se sont exilés pendant un temps, et pour ceux qui sont restés ça a été de longues semaines d'horreur. Après quoi le maire avait décidé de créer ces tunnels : au cas où un tel événement se reproduirait, les citadins pourraient circuler au maximum sous terre. Mais, peu après la crise de 2042, leur construction a été stoppée et ils n'ont jamais servi. Jusqu'à ce que notre organisation en prenne le contrôle au début de la guerre, grâce aux ingénieurs tunneliers qui nous ont rejoints avec les plans. C'est ainsi qu'on pouvait se déplacer d'une zone à l'autre en échappant aux barrages militaires et surgir au beau milieu d'un entrepôt de stockage de nourriture ou d'une caserne pour récupérer des armes ou poser des bombes. Les autorités tentaient d'agir en plaçant des mines ou en rebouchant les accès, mais restaient dépassées par cette activité souterraine. On prenait de l'ampleur. On était de plus en plus nombreux à s'élever contre ces dirigeants voyous qui affamaient la population et vendaient notre territoire au plus offrant.

On les fera tomber et ensuite on s'occupera des fascistes qui contrôlent le sud de la ville.

Je dis « on » mais, ce « on », je m'apprête à m'en extraire. Ce « on » qui régit ma vie depuis trois ans. Cette nuit, j'abandonne la lutte armée. J'avais plusieurs fois failli me confier à Layla sur ma lassitude du combat quotidien. Mais je ne voulais pas laisser transparaître ma faiblesse. J'ai cultivé ma façade de soldat infaillible. C'était sans compter son troisième œil, capable de lire derrière ma carapace. Je peux encore sentir ses bras autour de mon cou apaiser ma détresse, son poing qui me tape dans le dos pour me donner de la force. Elle était tiraillée entre le désir de me voir m'éloigner du danger et la volonté de me soutenir dans mon engagement. Alors, pour ne pas m'embrouiller, elle s'était contentée de m'insuffler du courage.

Je m'enfonce dans les sous-sols, tout comme Layla qui, à l'heure qu'il est, a déjà dû emprunter l'étroit couloir menant au bar de la rue Breteuil où elle travaille depuis six ans. Avec l'instauration du couvre-feu, le lieu s'est déplacé dans une ancienne salle de cinéma et est devenu clandestin. Et elle a continué à y bosser de plus belle. Une heure avant l'interdiction de circuler, cet endroit secret, auquel on accède depuis le sous-sol d'un immeuble, ouvre ses portes. Il se peuple de noctambules habités par l'envie de vivre la nuit, d'envoyer se faire voir les autorités qui veulent que chaque Marseillais rentre sagement chez soi. Comme moi, Layla combat, armée de sa petite caméra, telle une dague qu'elle ne quitte jamais. En plus de servir des verres aux clients de la Cale, elle enregistre leurs témoignages. Elle pose une ou deux questions à un oiseau de nuit et le flot de paroles se délivre, laissant entrer comme un torrent des tranches de vie dans la carte mémoire de l'appareil. Je ne comprends pas grand-chose à ce qu'elle fait avec tout ça. Mais j'ai cru son amie Clara quand elle m'a dit que des doigts de Layla sortirait un jour une œuvre politique essentielle.

J'ouvre une trappe dissimulée dans un mur et en dégage mon signaleur, des lunettes à vision infrarouge et une boîte de graisse étoilée. Je me badigeonne des pieds à la tête. Cette satanée substance permet de leurrer les capteurs de mouvement. Je descends au deuxième sous-sol. Des machines médicales hors d'usage côtoient les rats et les ombres dans un monde prêt à s'effondrer sous le poids du dehors. Je pousse un scanner, soulève une grille et me voilà dans les entrailles de la cité. Pour me donner du courage, je me rappelle que c'est la dernière fois. Que ma mission échoue ou qu'elle réussisse, je n'aurai plus à me cacher sous terre.

Il y a deux mois, Jacques, le chef de notre section, a avancé l'idée d'envoyer quelqu'un à Tanger pour défendre notre cause. La cité marocaine est devenue la capitale rayonnante du monde nouveau, aux portes de l'Europe agonisante. La jeune République du Maroc joue un rôle clé sur l'échiquier international grâce à ses puissantes richesses énergétiques et à ses alliés, de nombreux pays africains en plein boom. Ses dirigeants s'apprêtent à organiser dans l'année un sommet crucial sur l'Europe. Un événement idéal pour tenter de rallier les combattants d'autres nations à notre cause. J'ai sauté sur l'occasion. Je suis loin d'avoir le phrasé d'un diplomate, mais j'ai su convaincre mes supérieurs de me confier cette mission. En tant que petit-fils d'une figure artistique marocaine et parlant arabe, je serai écouté et accepté. En plus, je connais parfaitement notre situation, les forces en présence, je sais ce dont la rébellion a besoin en priorité.

Et quitter ce merdier, je ne rêvais plus que de ça, depuis qu'avec Layla on ne se voyait plus. Ça, c'était mon argument secret. Ne plus être avec elle m'a dégoûté de cette ville. De cette vie. Si chaque jour je trouvais le courage de prendre mon arme et de suivre mes camarades dans les tunnels, si j'avais encore la force de tirer sur tout ce qui portait un uniforme, c'était grâce à ce que je projetais : partir d'ici, m'installer dans une de ces villes côtières marocaines où il fait bon vivre et tout mettre en œuvre pour faire venir Layla.

Je distingue sur un tuyau un graffiti caricaturant le président Erca. C'est par là que je dois retourner à la surface. Je crève de soif. J'avale trois gorgées d'eau. J'escalade l'étroit conduit d'aération, soulève la grille. Je patiente quelques secondes avant de sortir prudemment. Je cours me cacher derrière des poubelles. Éviter les snipers et les drones à tout prix. J'allume mon signaleur et prépare la suite du parcours. Je remontre une rue en rasant le mur, mon épaule racle contre le crépi. Je m'arrête au croisement et me dissimule dans la carcasse d'une baraque à frites. Au loin, une explosion, accompagnée d'une grande lueur rouge. Je jette un coup d'œil à ma montre. Vingt-deux heures cinquante-cinq. C'est bien la bombe posée par mes camarades pour détourner l'attention des militaires. J'aperçois une escadrille de drones qui se dirigent vers le nord. Je dois attendre cinq minutes avant de poursuivre ma route. Je laisse s'éloigner les oiseaux de métal. J'observe les alentours et souris pour la première fois de cette nuit. Je me trouve devant l'esplanade de notre ancien collège. J'avais oublié que mon parcours nocturne passait par ici. Mes yeux balaient la place, aucune caméra. Juste un capteur, un vieux modèle. J'inspecte mes bras. La chaleur a fait couler la graisse protectrice, je dois faire gaffe. Le capteur se met à clignoter. J'ai deux minutes avant qu'il ne flashe de nouveau. Je marche à pas de loup vers l'ancien arrêt de bus. Je m'assois sur le banc, dont la moitié est partie en fumée. Je caresse le bois usé par les fesses de milliers de collégiens. Je suis transporté vingt ans en arrière, lors de notre première rencontre. Layla. Ce banc porte ton nom. Mes doigts continuent à parcourir les rainures sur lesquelles sont gravés au couteau des cœurs difformes et des initiales en pagaille. Elle m'a d'abord tapé dans l'œil parce qu'elle ressemblait à une chanteuse américaine. Je me suis arrangé pour me mettre pas trop loin d'elle en cours. J'ai passé des heures entières à me noyer dans ses cheveux, à contempler ses longs doigts se recroqueviller autour du stylo. Mais je n'ai pas pu l'approcher davantage, elle faisait partie d'une bande inaccessible au boutonneux que j'étais. Alors, quand j'ai découvert cet espace-temps matinal, j'ai sauté sur l'occasion. On avait cours à huit heures, mais son père ne pouvait pas la déposer plus tard que sept heures trente. Elle échouait sur ce banc, et personne n'arrivait avant quarante-cinq. Quinze minutes. Un jour je suis venu en avance, comme elle, prétextant une raison semblable à la sienne pour être aussi matinal, et on a papoté. Je suis revenu le jour d'après. Et le surlendemain. Pendant des mois, je n'ai vécu que pour ces quinze minutes. Elles ont suffi à faire de moi un adolescent heureux. Pourtant, tout foutait le camp autour de moi. Mes parents se séparaient, il y avait de moins en moins à manger à la maison, mon frère ne pensait qu'à la révolution. J'en voulais au monde entier. Mais j'avais droit à ces quinze minutes quotidiennes avec elle pendant lesquelles plus rien d'autre ne comptait.

On parlait de ce qui était en train de changer, de ses cousins de Sète qui devaient déménager à cause de la montée des eaux, des membres de notre famille qui perdaient un à un leurs boulots, des promesses pourries des politiques. La réalité nous obligeait à être lucides avant l'âge. Layla et moi faisons partie d'une génération qui a grandi dans l'ombre du chaos. Même si les professeurs et nos parents essayaient de nous rassurer en nous rabâchant qu'on était un pays qui se relevait de tout, on savait bien que notre société fonçait dans le mur. Pour nourrir nos conversations, je racontais à Layla la seule chose palpitante que je vivais : les manifestations anticapitalistes où j'accompagnais Dorian tous les samedis. J'ai vite compris qu'elle était séduite par cet engagement, du coup j'en rajoutais un peu sur l'ambiance et les charges policières. Layla me confiait qu'elle voulait être artiste. Elle adorait le cinéma, elle passait ses week-ends dans les salles obscures. Elle avait trouvé une combine pour entrer sans payer. Je crevais d'envie de l'accompagner, de me glisser avec elle entre les battants de la sortie de secours et voir des films à l'œil tout le dimanche. Puis les choses se sont précipitées un vendredi de mai. La fin de l'année approchait, je me devais de plonger à cœur perdu. Alors qu'elle était en train de me montrer sur son smartphone des photos de nuages qu'elle avait prises, je lui ai proposé qu'on aille voir un film ensemble. Elle s'est un peu braquée, m'a répondu peut-être, puis m'a fait savoir trois jours plus tard par une de ses copines qu'en fait non : je resterais un ami. Pas plus. Honteux, je n'ai plus osé venir en avance au collège. L'effondrement de l'Allemagne préfigurait le nôtre, et moi je coulais déjà. À la fin de l'année, ma scolarité se terminait. Depuis que le système éducatif avait été privatisé, aller au lycée coûtait très cher. J'ai rapidement intégré l'usine où travaillait mon frère, et la sublime Layla a disparu de mon quotidien.

Je suis en train de risquer ma peau et je repense à cette amourette avortée. « Bravo, Sohan. » Je me relève en pestant contre moi-même. Heureusement, la vie m'a offert une deuxième chance, seize ans plus tard. Ma vigilance baisse au rythme des souvenirs. Derrière moi, le capteur clignote de nouveau. Je coupe lentement son rayon invisible, lui facilitant le travail. Son laser glisse sur mon avant-bras, où la graisse étoilée a séché. Un hurlement strident retentit. Je trace dans la première ruelle, je dérape, reviens aussitôt sur mes pas, je dois garder la bonne direction, un boulevard en pente, je le dévale, un drone fait son apparition au-dessus de moi et me somme d'une voix féminine et délicate de m'arrêter, puis tire une première salve de balles. Je sors mon arme et réplique tout en me dirigeant vers l'ancienne piscine. Par là je peux accéder à un passage, je bondis à travers le cadre d'une fenêtre disparue, traverse les vestiaires. Quelque chose me fait trébucher. Je m'écroule par terre. Ma tête cogne le carrelage. Je reste dans la brume un instant. Je me retourne sur mon obstacle, un cadavre. Une femme sans âge. Après un bref haut-le-cœur, je reprends ma route, longe le grand bassin vide. Au fond, des rats gambadent.

J'escalade une clôture et parviens à pénétrer dans la demeure que je cherchais. Je tapote rapidement le code d'entrée et rentre comme une ombre, pistolet au poing. Peintures bien encadrées, têtes d'animaux empaillés, vases chinois... Ça fait drôle de déambuler dans une maison bien ordonnée, où la décoration semble ignorer la guerre. Je perçois des bruits à l'étage. Je me cache sous l'escalier, agrippé à mon arme, prêt à faire feu.

Ça m'a pris plusieurs semaines avant d'oser tirer sur quelqu'un. Lors des premiers raids auxquels j'ai participé il y a un an, je me suis toujours arrangé pour rester à l'arrière, incapable de tenir mon arme sans trembler. C'était pas pour moi, tout ça. Dès le début de mon engagement dans la rébellion, mon profil de geek inoffensif m'a valu un fauteuil derrière les écrans de contrôle. Je surveillais la ville et informais par radio les camarades qui se déplaçaient. J'en suis venu à connaître le réseau souterrain par cœur. Mon frère a alors jugé que ce savoir devait être mis à profit sur le terrain. Il a convaincu nos supérieurs et je n'ai pas eu le choix. Je me suis retrouvé avec une mitraillette à la main. Mais Dorian avait beau m'entraîner jusqu'à l'épuisement, je demeurais un trouillard des armes. Un matin, Jacques est venu me trouver au saut du lit. Son visage défait reflétait bien l'agitation des dernières nuits. J'ai tout de suite deviné la raison de sa visite. Dorian avait été capturé plusieurs jours auparavant, et depuis je me préparais au pire. Jacques m'a annoncé d'une voix froide que le corps de mon frère était réapparu. Une semaine de torture avant que son cadavre ne soit suspendu au-dessus du centre de rationnement de notre quartier. Pour que tous les habitants de la zone comprennent. La veille des obsèques, Jacques m'a forcé à diriger une opération contre une prison. Quelque chose s'est libéré en moi. Le dépucelage a été violent, sanglant. J'ai abattu deux soldats. L'un était désarmé.

Une fois cette limite dépassée, rien n'est plus pareil. Mais on ne devient pas quelqu'un d'autre pour autant. Le jour d'après on se réveille, et on est toujours le même. C'est ça qui a été le plus effrayant, découvrir que cet instinct meurtrier était là en moi, qu'il ne demandait qu'à sortir.

Recroquevillé dans le noir, je pense au « vieux Jacques » comme on l'appelle. En ce moment même, lui, Nathan et quelques camarades doivent être dans la zone Sud pour rencontrer des rebelles antifascistes.

Un homme armé d'un fusil passe devant moi sans me voir. Un garde du corps probablement. J'attends qu'il remonte, et descends au sous-sol. Le secrétaire d'État qui dort sur ses deux oreilles à l'étage ignore que sa femme, acquise à notre cause, a fait en sorte que leur cave communique avec un souterrain géré par les rebelles.

De nouveau les entrailles de la ville. J'approche de la gare Saint-Charles, près de laquelle je devrai effectuer une ultime mission. Mes pas ralentissent, je porte la main à ma tête. Du sang séché. Ma chute dans les vestiaires de la piscine. Je m'assois un moment dans ce petit couloir de terre. La douleur me lance. Je me concentre sur les battements de mon cœur. J'avale un antalgique et me laisse glisser à terre. Je termine ma gourde, ferme les yeux. J'imagine les militaires défoncer ma porte, fouiller partout. M'attendre place Sadi-Carnot, là où j'ai rendez-vous avec les passeurs. Je vis probablement mes dernières heures de liberté. Je l'aurai bien cherché. Je ne suis pas de l'étoffe de ceux qui gagnent. La seule chose que j'aurai réussie, finalement, c'est à me faire aimer de Layla. Décrocher son cœur. Je repense aux courbes irrésistibles de cette revenante, ses hanches sous mes doigts, un soir de juin 2050, pendant la fête du Panier. Bien des années après le collège. On vivait cette période étrange où l'on savait que tout allait péter dans quelques mois, et on profitait de l'instant présent avec une intensité folle. Layla est venue avec une amie commune, elle accepte de danser avec moi, supporte mes mauvais pas de salsa au milieu de tous ces beaux garçons. Elle ne me reconnaît pas, je n'ose pas lui rafraîchir la mémoire... « Tu sais, le microbe obstiné qui te draguait le matin en troisième... » Autour de sa taille, mes mains tentent en vain de ne pas trembler. À la fin de la deuxième danse, elle me remet enfin. Ça la fait marrer.

Des sirènes hurlent de l'autre côté de la gare.

Pourvu qu'ils la laissent tranquille après mon départ...

J'essaie de me relever, mais ma tête tourne encore. Je me raccroche à notre marche nocturne après la fête. Un vent d'est paisible souffle sur la ville. Nos bras se frôlent, un air de Chopin annonce la suite. On croise « le pianiste fou de la rue Breteuil » en train de jouer à même le trottoir sur son Steinway défoncé. Quand on passe près de lui, il bondit. Layla se met à crier, puis à rire. Je n'ose pas lui dire que je le connais très bien.

« Vous êtes beaux, vous avez l'air tellement amoureux, je vous joue ce que vous voulez. »

Il me fixe un instant, faisant semblant de ne pas me connaître. Il était fou, mais très perspicace. Ne pas foutre la honte à son petit-fils.

« On est pas des amoureux », proteste Layla, avec un ton gentiment menaçant.

Il réagit en entamant la marche nuptiale de Mendelssohn. Layla se met à rire, à me taper sur l'épaule. Ses doigts s'attardent, un frisson terrible me traverse, et je ne peux dire qui est le plus heureux à ce moment-là : le collégien frustré ou le jeune danseur de la fête du Panier. Ce n'est que le lendemain que j'ose lui avouer qui est cet homme. Toufik, le seul artiste de la famille. Un grand musicien. Mais à la suite de la disparition de ma grand-mère, il s'est peu à peu clochardisé. Il a englouti ses royalties dans la picole, des soi-disant amis venaient lui rendre visite pour lui « emprunter » de l'argent... Et un jour il s'est mis en tête d'emporter son piano à la salle des ventes pour en tirer un bon prix et se saouler à mort. Il a appelé des déménageurs. Les gars ont descendu le Steinway, mais lorsqu'ils se sont aperçus que mon grand-père n'avait pas assez pour les payer, ils l'ont laissé sur le trottoir. Il a poursuivi leur camion en les insultant. Ensuite, il a traversé la rue et s'est saoulé dans un bar. Après la fermeture, il est retourné à son piano, s'est assis sur une caisse et s'est mis à jouer. Des militaires sont venus l'arracher à son instrument à l'heure du couvre-feu. Il est remonté cuver son vin et le lendemain matin il est revenu. Quand j'ai appris ça, j'ai tout fait pour qu'il se réinstalle dans son appartement, mais il ne voulait rien savoir.

Tout en racontant à Layla son histoire, je lui fais écouter ce disque de mon grand-père que j'aime tant, enregistré dans une cabane. Au loin, derrière les adagios de Fauré, on entend les vagues. Ça la fait pleurer. Elle me demande pourquoi je n'ai pas appris le piano. Toufik avait bien tenté de me l'enseigner, mais j'étais un piètre élève, peu encouragé par le reste de ma famille.

Six mois plus tard, c'est la pluie qui a tué mon grand-père, avant l'alcool. Il venait de jouer une semaine sous la flotte, paraît-il. Une de ces longues averses diluviennes qui tombent après des mois de sécheresse. Quand c'est arrivé, je faisais mon service militaire dans le nord de la France. C'est Layla qui me l'a appris.

Je serre mon sac. Cette nuit, j'embarque ses dernières partitions. Je les ai trouvées en vidant son appartement. Cinq titres, composés juste avant la guerre. Au Maroc, où ses disques se vendent bien, je les ferai enregistrer et publier. Sa musique résonnera des rues de Tanger jusqu'aux collines de l'Atlas.

L'antidouleur fait effet. Je balaie le visage et les notes de mon grand-père, essaie de me concentrer sur le parcours qu'il me reste à effectuer. Je dois garder cette peau de combattant encore quelques heures. Survivre pour revivre. Le tunnel débouche dans les anciens studios de cinéma de la Belle de Mai. Depuis le début de la guerre, ils ne servent plus à rien. Seuls quelques irréductibles, comme Layla, trouvent la force de continuer à fabriquer des films sauvages dans leur coin. Je passe derrière un décor en carton-pâte représentant une paisible place de village. Je zigzague entre les projecteurs et toutes sortes de machines orphelines.

Dès que je pouvais, j'accompagnais Layla sur ses tournages. Je portais le pied de caméra et les objectifs, je changeais les batteries, je nettoyais le viseur. Je la suivais partout, elle aimait les lieux abandonnés, les collines pelées, les cités désaffectées. Je lui ai fait découvrir les foules enragées. Elle s'est mise à venir avec moi aux manifestations, où je la perdais souvent de vue avant de la retrouver par hasard en train de cadrer un visage ou une banderole. Alors on s'embrassait jusqu'à ce qu'elle se détache brusquement de moi pour me demander de la suivre dans le squat d'un mouvement féministe, chez des artistes militants ou bien encore chez elle pour regarder ses images.

Je ressors à l'air libre. Un peu plus loin, le Marseille d'aujourd'hui se rappelle à moi en m'exhibant un bâtiment balafré sur toute sa hauteur. C'est ici que j'ai rendez-vous avec Léo et Djamila, des camarades qui habitent à proximité et qui doivent m'aider dans cette mission. Derrière la longue plaie de pierre, je distingue la caserne.

Des semaines de préparation touchent à leur fin. C'est là qu'on doit dérober l'argent qui me servira à payer le reste de ma traversée. Grâce à nos indics, on a appris que de nombreux sacs de liquidités transitent par cette caserne.

Je constate que l'entrée discrète que m'avait montrée Jacques sur le plan a été murée. Je jure entre mes dents. Il n'y a plus qu'un accès possible, celui gardé par deux soldats. Je maudis le sort, mais aussi ma soif. Un chat passe au loin. Il s'arrête et me fixe. Je l'interroge du regard. On reste comme ça, à se jauger, jusqu'à ce que le rire d'un militaire le fasse fuir. Je le suis des yeux, il se faufile à travers les grilles de la gare. Un amoureux des rails, comme Layla. Une légère brise se lève et caresse le sol poussiéreux. Je ferme les yeux pour mieux profiter de la fraîcheur du mistral naissant. Le vent pénètre dans les anciens studios, des cliquetis métalliques s'ensuivent et provoquent une étrange musique, interrompue par le moteur d'un camion militaire qui quitte la caserne.

« Mais qu'est-ce qu'ils foutent ? »

Léo et Djamila devraient être là. Ils ont trente minutes de retard. On avait convenu que, dépassé le quart d'heure, c'est qu'il y avait un problème, qu'ils ne viendraient pas.

Y aller seul.

Ça n'aurait pas fait peur à mon frère. Il me faut essayer d'être lui, une dernière fois. Je m'assois, je dois attendre l'arrivée des convoyeurs. J'ai la trouille, alors pour me calmer je convoque le contraire de la nuit, le corps de Layla. L'ancienne maison de son cousin à Sète, abandonnée à cause de la montée du niveau de la mer. Un week-end loin du chaos marseillais. Notre premier. Des rayons de soleil passent à travers les fissures qui lézardent le mur et dessinent des lignes sur sa peau. Ses bras étirés posent son matériel vidéo à l'abri au sommet d'une armoire. Ça sent le sel et la sueur. La nôtre. Layla me transperce doucement du regard, mes doigts disparaissent dans sa chevelure. Les bretelles de son maillot de bain tombent, nos souffles s'accélèrent. Les vagues chaudes s'enroulent autour de nos pieds. Ça nous fait marrer. Je l'attrape par les fesses et la soulève, elle crie de surprise, on atterrit sur une vieille table rongée par le sel. « Elle va se casser », me susurre Layla tandis que je tente maladroitement de lui retirer le bas de son maillot. Elle rigole de ma gaucherie, le tissu finit par s'arracher sous mes doigts.

Une bourrasque fait tomber une barrière. Je sursaute. Au loin, derrière le vent, un camion approche lentement. Ses phares éclairent la caserne. Le véhicule s'arrête devant les deux soldats qui échangent quelques mots avec le conducteur. Ils laissent entrer le camion.

« Qu'est-ce que t'aurais fait à ma place, Dorian ? »

Mon frère, cet archange de la lutte auquel j'avais toujours voulu ressembler. J'ai marché dans ses pas dès que j'ai su mettre un pied devant l'autre, allant contre mon propre caractère, contre mes désirs enfouis. Quand il s'est engagé avec les rebelles, je l'ai suivi, fait mien son combat. Et lorsqu'il m'a demandé de le rejoindre sur le terrain, j'ai obtempéré, malgré mes profondes réticences intérieures. Mais j'ai fini par le décevoir.

« Si tu veux être des nôtres, Sohan, il faut que tu quittes Layla. Aucune attache, pour notre sécurité et celle de ceux qu'on aime. »

On s'est engueulés très fort. Mais, au bout de quelques jours, j'ai cédé et lui ai promis que je le ferais. Ça a toujours été ça, ma vie, les autres qui décident à ma place. J'ai essayé de rompre avec Layla une première fois, mais elle s'est montrée si puissante du haut de son mètre quatre-vingt-cinq. Je n'ai pas eu la force de lui résister, de l'abandonner. Lorsque Dorian a découvert que je la voyais encore, j'ai senti dans son regard qu'il ne pourrait plus me faire confiance. Il m'a fait changer de section pour ne plus me voir. Une semaine plus tard, tous les membres de sa colonne se sont fait capturer. Sans le vouloir, par la force du destin, Dorian m'avait sauvé la vie.

Je tâte le talon de ma chaussure, où j'ai pris soin de dissimuler deux capsules de cyanure. Au bout de combien de jours de torture Dorian s'était-il résigné à en prendre une ? Je n'ai jamais voulu suivre ses conseils jusqu'à cette nuit. Quoi qu'il se passe, je ne finirai pas prisonnier.

Je sors ma lampe de poche et dirige le faisceau vers les militaires. Ils s'agitent comme des insectes, pointant leurs armes dans tous les sens avant de s'apercevoir que l'étrange lueur provient du muret derrière lequel je me cache. L'un d'eux s'avance. Je me recroqueville, deviens invisible, jusqu'à ce que l'homme soit à un mètre de moi. Je bondis sur lui en plaquant ma main droite sur sa bouche. La gauche presse mon pistolet sur sa tempe. Il flippe. Je sens son urine chaude dégouliner le long de ses jambes.

« Écoute-moi bien. Tu vas faire exactement ce que je te dis si tu veux vivre, OK ? »

Je continue ma litanie de soldat impitoyable et méthodique. Quel homme reste-t-il derrière cette carapace ?

Mon otage se résigne et obéit. Il sort son talkie-walkie et demande à son acolyte de venir voir ce qu'il a trouvé. Celui-ci refuse, affirmant qu'il ne peut pas laisser l'entrée sans surveillance. J'appuie le canon de mon arme sur sa carotide. Il insiste. L'autre finit par s'approcher et réagit avec beaucoup de sang-froid lorsqu'il se retrouve pris dans mon piège. Il a plus d'expérience. Il est prêt à bondir comme une panthère, je le sens. Pour me donner du courage, je me dis deux choses. Si ça se trouve c'est lui qui a torturé mon frère. Et cet homme fera peut-être du mal à Layla un jour si je le laisse en vie.

Il s'écroule. Le trou dans son front libère un peu plus de nuit. J'échange un bref regard avec son camarade tétanisé. Je lui ordonne de se déshabiller, il s'exécute en tremblant. Après l'avoir assommé, j'enfile son uniforme et son casque.

Je me retrouve dans la cour de la caserne, j'avance tête baissée et cœur en chamade. Dans un coin, j'aperçois deux dépouilles allongées sur le ventre. Je déglutis en reconnaissant la longue chevelure de Djamila. Je passe devant le camion en serrant les dents. Une porte ouverte juste à côté. Quelques billets sont tombés. Je descends un escalier étroit en colimaçon, une souricière, c'est de la folie, je ne pourrai jamais sortir de là. J'avale ma salive en imaginant le goût du cyanure. J'arrive dans une petite salle éclairée au néon. Deux hommes me dévisagent.

« T'es qui, toi ? T'es nouveau ?

— Oui, mon lieutenant, j'ai été muté ici hier. Je viens de la caserne Saint-Barnabé dans la zone 8.3.

— Pas entendu parler de mutation. »

Le soldat s'avance vers moi en sortant son scanner tandis que le convoyeur continue de ranger des liasses de billets dans un coffre. L'appareil bipe en touchant la puce d'identification accrochée à l'uniforme. Je jette des regards discrets autour de moi. Une seule porte, entrouverte. Je profite que le soldat ait les yeux rivés vers le message d'erreur qui s'affiche sur son écran pour lui donner un coup de poing sous le menton. Il chancelle, je sors mon arme avant lui et tire. Je l'abats, ainsi que le convoyeur. Je me précipite vers le coffre et mets l'argent dans mon sac, il y a bien assez pour payer mon passage. Des pas métalliques dévalent l'escalier, je me cache dans un coin. Deux militaires crient dans leur talkie un « alerte 50 » qui préfigure la fin de mon escapade. L'un d'eux s'aperçoit de ma présence, mais se retrouve avec ma lame enfoncée dans la gorge avant de pouvoir réagir. Je me sers de son corps pour me protéger de l'autre soldat qui troue la peau de son camarade dans l'espoir de m'atteindre. Mon pistolet m'échappe. Les coups de poing fusent, mon couteau effleure mon adversaire une fois, deux fois. Je m'écroule. Il me met en joue, c'est comme ça que ça se termine, je vois le visage de Layla danser tout sourire, puis ses yeux rougis par les larmes lors de notre dernière rencontre. Je donne au soldat un coup de pied désespéré au moment où il appuie sur la gâchette, le bruit de la détonation, ma tête qui explose. Non, c'est pas ça la mort, je porte ma main à mon casque, me brûle au toucher de la balle qui s'y est encastrée. Pendant que mon agresseur recharge, je me jette sur lui comme une bête condamnée. Ma lame se glisse dans le pli de son gilet pare-balles avant de s'enfoncer dans sa poitrine. Son cri me transperce. Je me laisse tomber à terre avec lui. Je cherche autour de moi ce qui pourrait me sauver et aperçois la porte entrouverte. Des hommes paniqués et lourdement armés descendent à leur tour, ils tentent de déchiffrer ce qui se passe parmi ces corps entremêlés.

« Il est parti par là », leur dis-je en montrant l'ouverture.

Ils ne se posent pas de question, pas le temps de me scanner, il faut retrouver l'intrus au plus vite, et la dizaine de soldats se lance à sa poursuite. L'un d'eux reste et m'aide à me relever. Je l'assomme et me précipite vers les grenades de gaz que chacun des cadavres porte sur lui. Je les désamorce et les jette une par une dans le couloir que les hommes ont emprunté, et bloque ensuite la porte avec le coffre-fort.

Aussitôt sorti de la caserne, j'arrache la puce de l'uniforme et me mets à cavaler jusqu'aux anciens studios de cinéma. Le mistral a pris possession du ciel. Il gronde à travers les rues, jouant avec la poussière accumulée depuis des semaines. Un bout de toit en tôle s'écrase devant moi, une bâche vole plus loin. J'atteins la place de village en carton-pâte et éclate de rire, un rire sale, nerveux. Je crache la poussière ingurgitée pendant la course. Au loin, des cris, des motos qui démarrent. Quand je retrouve le tunnel, cette improbable euphorie n'est pas retombée. Je m'assois sur la fontaine de plâtre, ferme les yeux, l'adrénaline descend enfin. J'inspecte mon corps, mes doigts rencontrent du sang chaud. Je jure en ouvrant ma veste. Ce n'est pas le mien. Je pense à tous ces soldats piégés par l'explosion des grenades que je leur ai lancées. Je me débarrasse de cet uniforme irrespirable.

Je n'aurai plus jamais à tuer personne. C'était la dernière fois. Je me répète ça en comptant l'argent. Il y a juste de quoi payer deux traversées ! Le projet insensé de faire venir Layla à Tanger se concrétise au bout de mes doigts. Je vérifie les liasses avec le scanner du signaleur, mes mains tremblent. Un message d'alerte cristallin. Un autre. Mon rêve s'écroule. Une partie des liasses est munie de capteurs. Quand je tente de les retirer, les billets se déchirent, si je les laisse, je reste détectable et on me retrouvera dans l'heure. J'étouffe un cri de rage.

La thune piégée brûle devant mes yeux furieux. À travers les flammes, je revois le corps de Layla qui s'éloigne rue Tobelem. Je crois bien qu'elle chancelle. Frappée par la foudre d'une vérité impossible à entendre.

« Comment tu peux supporter que d'autres décident à la place de ton cœur ? » me demande-t-elle avec une voix pleine de larmes, tout en appuyant son index contre ma poitrine.

Dorian avait été enterré deux jours plus tôt. Et on venait d'apprendre que c'était sa femme qui avait balancé sous la torture l'adresse de l'une de nos planques. Il nous avait fait croire qu'elle était partie s'installer à Lyon quand la guerre avait commencé. Mais elle était restée à Marseille et il la voyait régulièrement en cachette. Quelle ironie du sort... Dorian avait tout fait pour que je quitte Layla, comme s'il voulait se persuader lui-même du danger de son amour interdit.

J'ai pris ma décision. Je ne pouvais pas infliger la même chose à Layla. Ou alors il fallait quitter la rébellion. Mais je me devais de poursuivre le combat de mon frère, pour qu'il ne soit pas mort en vain. Et puis, si j'abandonnais la lutte, comment vivre dans une ville qui s'écroule en sachant que je l'ai laissée tomber ? Quel message j'aurais donné aux jeunes qui venaient de s'enrôler ? Je me suis fait violence, j'ai pris une voix que je ne connaissais pas, des mots durs sont sortis de ma gorge, j'avais l'impression d'entendre quelqu'un d'autre, ce n'était pas moi qui pouvais lui dire « je dois te quitter Layla, sinon on va mourir tous les deux ».

Je revis ce moment comme si c'était hier. Elle me tient tête en me disant qu'on a déjà essayé de se séparer, mais que c'était impossible, « rappelle-toi bon sang, nos deux cœurs n'ont pas résisté ». Et devant ma froideur, elle me donne un petit coup sur la poitrine, un deuxième, et elle se met à me frapper sans s'arrêter, jusqu'à ce qu'elle s'épuise. Elle fait volte-face et remonte la rue sans se retourner. Je convoque toutes mes forces pour ne pas crier son nom.

Mes yeux me brûlent de nouveau, cette fois ce sont des larmes qui glissent sous ces foutues lentilles. Je mets dans mon sac la somme nécessaire à payer les passeurs et laisse les quelques liasses de billets restantes dans une de nos cachettes, pour les camarades. J'ai fait promettre à Jacques d'en donner un tiers à Layla. Je sors mon signaleur de ma poche et contemple l'écran qui montre les forces en présence dans la ville. L'appareil a reçu un sale coup lors de la bagarre, l'écran grésille. Un amas de pastilles rouges indique une importante concentration de soldats vers la rue Paradis. Sûrement une patrouille en pleine démonstration... Notre cher gouvernement ne tient plus qu'au fil de cette armée qui bombe le torse. Je balaie du doigt la carte virtuelle et tape mon code secret pour accéder à ma bibliothèque de vidéos. Tout en haut de la colonne, le petit film que Layla a réalisé pour moi peu après le début de notre histoire. Je l'ai regardé tant de fois depuis notre séparation, comme pour me raccrocher à une promesse illusoire qu'elle m'aurait faite à travers ce cadeau immortel. Mon visage endormi se superpose à des images de mon corps allongé sur la plage, une main entre dans le cadre, celle de Layla, et me balance du sable. *Soleil bleu*, un morceau de mon grand-père, vient se mêler à nos bras qui se battent. Les cordes de l'oud semblent guidées par nos doigts qui s'agrippent. Le piano s'élève à son tour et nous accompagne, dans la nuit nos corps nus apparaissent en plongée. Ce soir-là, elle avait accroché sa caméra au plafonnier, et elle avait enregistré notre sommeil. Des fondus enchaînés font se mélanger nos différentes positions nocturnes. L'image se fige d'un coup avant de se décomposer jusqu'à ce que l'écran s'éteigne. Tout finit par disparaître, jusqu'aux derniers souvenirs qu'on a préservés.

Je chantonne *Soleil bleu* dans ma tête, prolongeant les bienfaits du film de Layla. J'atteins l'ancien tunnel routier qui passe sous le Vieux-Port. Je me hisse sur la passerelle de secours, ce qui me permet d'éviter les capteurs. J'avance prudemment, à l'affût. Je devrais pouvoir arriver au lieu de rendez-vous d'ici trente minutes. Mais j'ai encore cinq heures devant moi. Je maudis ce temps trop long où la mélancolie a tout le loisir de s'installer. Je tente de penser à autre chose, mais les visages de Dorian et de Layla réapparaissent sans cesse, par vagues. Soudain, une mélopée se fraie un chemin entre les grincements de la passerelle. Je me fige. Est-ce que je deviens fou ? La musique se fait plus précise. J'avance encore un peu et m'arrête devant une plaque en fer. Je la soulève avec difficulté, pénètre dans un sas humide, en toute inconscience. La mélodie se fait plus distincte. J'allume mes lunettes infrarouges et découvre une porte protégée par un code. Je le pirate en quelques instants. Je l'ouvre lentement. Si c'est un piège, il est très doux.

Au bout d'un petit couloir, une pièce aux dimensions irréelles se dresse devant moi. Quelques timides lampes éclairent un immense capharnaüm de livres, de disques durs, d'étagères remplies de cartons et de dossiers. Du sol au plafond, tout se mélange, et pourtant tout semble s'ordonner. On a tous entendu parler de cet endroit, et on a souvent débattu de son existence avec les camarades. Une odeur de renfermé me compresse les sinus.

« Pas d'armes ici, monsieur. »

Je tourne la tête vers la voix. Encastré derrière un bureau, un barbu au visage sec, la soixantaine, me regarde tout en me montrant du doigt une affiche. Elle doit dater du début du XXe siècle et représente un soldat contraint de laisser son fusil à l'entrée d'un cabaret.

Je souris avant de poser mon arme sur un exemplaire du Coran.

« Vous l'avez lu ? me demande l'homme d'une voix enrouée.

— Non, c'est pas trop mon truc les religions...

— Un jeune homme athée, parfait, soyez le bienvenu dans mon antre alors ! »

Il m'invite à le rejoindre. Son visage me dit quelque chose. Il s'extrait de sa chaise et m'indique un espace où de vieux fauteuils de cinéma défoncés sont accolés.

« Je les ai récupérés dans l'ancien cinéma de la Canebière, m'apprend-il en ouvrant une armoire qui sert de minibar. Qu'est-ce que je vous sers, jeune homme ? »

Ça fait une éternité qu'on ne m'avait pas appelé « jeune homme ». C'est à ce moment-là que je le reconnais.

« Salden. Guillaume Salden. Je me souviens de vous, vous étiez un de ces intellectuels qui avaient encouragé la rébellion. J'avais assisté à un de vos discours devant l'usine où je travaillais, à l'Estaque, ça devait être à l'automne 2050…

— Bravo, mon garçon, quelle mémoire ! J'étais plus présentable à cette époque…

— Mais comment vous avez atterri ici ?

— Ah, ça serait trop long à vous expliquer… La guerre a changé de nombreux destins. Whisky, jeune homme ?

— Appelez-moi Sohan. Vous avez de l'eau ? »

Il se moque de moi en me tendant une bouteille d'eau minérale. Je vérifie qu'elle n'a pas été déjà ouverte.

« Méfiant ? Bah, je vous comprends… On peut plus faire confiance à personne…

— Où est-ce qu'on est ici ?

— À cinquante mètres au-dessous de l'ancienne mairie. C'est un abri antiatomique, mais le président-maire s'en est fait construire un beaucoup plus performant sous ses nouveaux locaux. Et ils m'ont laissé le vieux !

— Et pourquoi à vous ? »

Il boit une rasade et me lance un sourire malicieux.

« Disons que je sais des choses qu'il ne vaut mieux pas que j'ébruite… »

Je me braque. Le soldat en moi l'interpelle.

« Et si vous détenez des infos compromettantes, pourquoi ils se sont pas débarrassés de vous plutôt ?

— Oh, c'est un véritable interrogatoire ! Disons que j'ai assuré mes arrières. S'il m'arrive quelque chose… tout sort. Et toi petit ? D'où tu viens ? Ah, attends, non, je préfère ne pas savoir, on va tout gâcher à parler de ce qui se trame au-dessus de nos têtes. On est bien là-dessous, loin de tout ça. Entourés d'histoires anciennes. »

Des pensées atroces me montent à la tête. Je ne peux m'empêcher de me demander ce qu'aurait fait Dorian à ma place. Dès qu'il aurait appris que ce type avait des infos sensibles, tellement sensibles qu'il pouvait crécher tranquillement dans un abri antiatomique, il aurait tout fait pour obtenir ses secrets. Tout. Je serais incapable d'aller jusque-là. Et c'est pour ça que je m'en vais. La rébellion n'a pas besoin de s'encombrer d'âmes hésitantes. Je repense à Léo et Djamila, sacrifiés sur l'autel de mon départ.

Salden m'explique comment il a recueilli tous ces ouvrages, et vient ainsi confirmer la légende.

« Tout a commencé quand Diane, ma femme, m'a poussé à faire de cet endroit quelque chose d'utile. Au début je pensais juste en faire notre refuge, mais elle avait d'autres ambitions. Un matin, elle m'a proposé cette idée : recueillons des livres. Alors on a fait jouer notre réseau et encouragé de nombreux notables à nous confier leurs pièces rares. Puis ça a été le tour des bibliothèques publiques et universitaires qui nous ont donné leurs plus précieux ouvrages. »

L'homme marque une pause, ajuste ses lunettes. Son menton s'enfonce dans sa poitrine. Ému, il hésite à poursuivre. Sa voix réapparaît, plus fragile.

« Un jour, alors qu'elle était en train d'acheminer par camion la bibliothèque d'un collectionneur du quartier du Roucas-Blanc, il y a eu un bombardement. L'armée pilonnait depuis des semaines cette zone pour faire reculer les miliciens de la France Brillante. C'était juste avant que le sud soit annexé. J'avais pourtant mis en garde Diane, mais elle ne voulait rien savoir. Une bombe a explosé au-dessus d'eux, ça a déclenché un éboulement. Leur véhicule a été pris dedans. Le conducteur s'en est sorti, il a ramené le corps de ma femme sur son dos, jusqu'ici. »

Il déglutit, se ressert un verre.

« Je faisais encore un peu de politique à l'époque, j'animais une émission contestataire à la radio. J'ai arrêté. Et j'ai consacré tout mon temps au rêve de ma femme. Quand j'apprends qu'il y a eu tel ou tel bombardement, je prends mon pick-up et me rends dans le quartier concerné. Je donne trois sous à des gosses et ils m'aident à fouiller les décombres et à embarquer les livres. Peu à peu, des tas de gens ont voulu me confier leurs bibliothèques. Ils amènent leurs ouvrages les plus précieux dans un garage du Panier, à deux cents mètres d'ici, c'est là que je les récupère. Et puis il s'est mis à y avoir autre chose que des livres. Des disques durs contenant leurs souvenirs, des photos, des secrets, et puis parfois il y a même des cartons de lettres... Ces gens quittent la ville, ou ont peur de tout perdre. Et se disent que lorsque tout ça sera fini ils reviendront chercher leurs biens ici. Ils me font confiance... Je consigne tout dans ces registres-là. »

De sa longue main rachitique, il me montre une série de volumes entassés dans une caisse.

« Tiens, regardez là-haut, Sohan, ce sont des ouvrages issus de la bibliothèque d'un avocat, il y a des livres qui datent du Moyen Âge. Ça a échappé de peu aux flammes il y a trois semaines... »

J'essaie de me souvenir de la dernière fois où j'ai ouvert un livre. Layla me lisait de temps en temps des poèmes avant qu'on s'endorme. Ou bien elle me montrait ses montages de films. Avec elle j'avais découvert les arts. Toutes ces images, tous ces mots qui venaient me remuer, me faire voir le monde autrement. Je ne retrouverai jamais une fille comme elle. Je quitte cette ville avec la certitude que je ne revivrai rien d'aussi beau. Une irrépressible vague d'émotion monte en moi.

« Ça va, jeune homme ? »

Je hausse les épaules et lève les yeux au plafond pour renvoyer mes larmes.

« Je connais une artiste qui devrait vous confier ses films.

— Bien sûr, dites-lui de me les apporter, maintenant que vous savez où me trouver.

— Je lui ferai savoir. Moi je vais quitter la ville dans quelques heures.

— Eh bien voilà une bonne nouvelle ! Pour moi il est trop tard pour recommencer une vie, je vais cahin-caha tenter de finir celle-là. Mais pour vous je sais que c'est une chance. Trinquons ! »

Mes yeux tombent sur une armoire remplie de dossiers, au-dessus de laquelle est indiqué « *correspondances* ». Les gens viennent abandonner leur jardin secret ici. Pourquoi pas moi.

Les mots se mettent à couler calmement. C'est la première fois que je raconte notre histoire ainsi. Elle était jusqu'ici une petite île préservée que je cachais consciencieusement à mes camarades. Pour la protéger. Entre les piles de livres s'élève notre aventure. Les retrouvailles dansées puis ce premier rendez-vous chez moi, sa curiosité, sa caméra, ma timidité qui la fait sourire. Ce baiser qu'elle me donne par surprise en partant. J'ai terriblement envie d'elle, elle me demande d'être patient, elle continue à me filmer les jours suivants, à tout bout de champ, ça me rend fou ! On se retrouve chez elle, elle me montre ce qu'elle a fait de toute cette matière. Je suis mal à l'aise de me voir, de m'entendre, mais ces plans qu'elle intercale, je trouve ça beau, j'y devine tout notre amour possible, comme dans une boule de cristal. Je sens ses yeux posés sur moi quand je regarde son montage. Je me revois frémir devant les images du banc de notre collège qu'elle était allée filmer sans me le dire. Elle voulait remonter à la source. À la fin de la projection, on s'embrasse, le plus naturellement du monde, nos vêtements tombent un à un, comme si c'était un scénario écrit à l'avance et qu'il fallait à présent le mettre en scène.

« Et puis il y a eu la guerre. Quand j'ai dit à Layla que je voulais m'engager avec les rebelles, pas longtemps après votre discours devant l'usine, elle a essayé de m'en dissuader. Au début, elle était persuadée que ceux pour qui je voulais me battre n'amèneraient qu'un nouveau pouvoir autoritaire. Et après c'est devenu un sujet de dispute constant : elle qui m'en voulait de tout donner à la rébellion, moi qui l'accusais de faire des films inutiles. Le jour est venu où je me suis engagé un peu plus. Dans les commandos. À ma grande surprise, Layla n'a pas tenté de m'en empêcher. Au fil des mois, elle avait fini par comprendre combien cette lutte était importante. Elle m'a juste demandé... de l'"autoriser à avoir peur", ce sont ses mots. Quand les frontières entre les zones se sont durcies, je me suis procuré un laissez-passer. Et on a continué à se voir. contre les ordres de mes supérieurs... Notre amour a réussi à dépasser nos peurs, nos divergences et les règles de sécurité. Jusqu'au jour où c'est devenu trop dangereux. Pour nous deux. »

Je m'arrête un instant, redemande une bouteille d'eau à mon hôte.

« Le seul espoir auquel je me raccroche, c'est celui de pouvoir la faire venir quand je serai à Tanger.

— Ah, des cousins ont insisté pour me faire venir aussi, mais vous savez... »

Il continue à me causer, mais je ne l'écoute pas. Je me ressaisis, remonte à la surface de la nuit, insulte mon imprudence. J'essaie de comprendre ce qui m'échappe. Faudra que je parle de cet endroit aux camarades quand je serai arrivé à Tanger. Ce type cache quelque chose derrière son capharnaüm. Il ne fait pas ça que pour l'amour des livres ou pour poursuivre le travail de sa femme. Ça se bouscule dans ma tête. Il faut aussi que je vérifie s'il y a un passage souterrain qui conduit à la place Sadi-Carnot. Ils ont dû aménager des galeries quand ils ont construit cet abri. Lorsque Salden termine sa phrase, je lui fais signe que je vais inspecter les rayonnages. Il acquiesce, disparaît derrière une porte blindée. Je pars fouiner entre le dédale de bibliothèques. Je découvre un rideau métallique dissimulé entre deux armoires. Des plans usés y sont collés, sur lesquels on distingue encore les destinations. *Palais du Pharo, commissariat de l'Évêché, place Sadi-Carnot...* Bingo. Je secoue le cadenas à code facilement piratable en espérant que le bout du tunnel n'ait pas été rebouché. Je reviens sur mes pas en entendant Salden se resservir un verre. Je passe devant des dossiers amassant des correspondances. Ils sont classés par types de liens. *Relations hors mariage, relations homosexuelles.* Perturbé, je m'interroge : pourquoi les ranger ainsi ? En balayant du regard la montagne de papier et les autres intitulés, je commence peu à peu à comprendre. Ces archives sont monnayables. Salden, s'appuyant sur sa réputation, fait croire à des tas de gens que leurs secrets seraient bien gardés ici, qu'il les protégerait, mais quel intérêt a-t-il à faire ça si ce n'est pour l'argent ? Ces dossiers ont une valeur marchande pour ce monde, au-dessus de nos têtes, qui peut basculer dans le fascisme à tout instant. Si la France Brillante conquiert la ville entière, il leur vendra peut-être cette masse de documents, pain béni pour la poursuite de leur épuration. Sans parler de ce que contiennent ces piles de disques durs. Si les nôtres l'emportent, il négociera à prix d'or ce qui sera sûrement, après des années de bombardements, la dernière bibliothèque de la ville.

Un marchand, un mercenaire. Et moi, pauvre andouille, je me suis livré à lui. Sur les tranches des dossiers, des prénoms de couples. J'en saisis un au hasard et l'ouvre.

Correspondance Stella Rivero-Maylis Paoli. 2050-2053.

Je pense à Layla, à la lettre que j'aurais pu lui écrire. Une lettre d'amour, de promesses de retrouvailles, plutôt qu'un courrier d'adieu rédigé au cas où je disparaîtrais. Mes regrets sont interrompus par un lointain vacarme. Je rejoins Salden, nos yeux sont rivés au plafond, tentant d'imaginer ce qui emplit le ciel. Ça ressemble très fort à des hélicoptères. Une lourde intervention doit être en cours. Autre chose approche, une forte vibration provient du tunnel. Des piles de livres s'écroulent. Je jette un coup d'œil interrogateur à mon hôte.

« Le tunnel n'est jamais emprunté, m'avoue-t-il, sauf en cas d'extrême urgence. L'armée a peur des mines que peuvent y laisser les rebelles... »

Je me souviens des dires de mon frère, qui se vantait de savoir placer des mines mieux que quiconque.

« Il doit se passer un truc grave... », m'affirme-t-il en s'allumant tranquillement un cigare.

J'attrape mon signaleur dans ma poche, mais j'avais oublié qu'il était foutu. Je croise le regard de Salden.

« Vous avez une radio ? »

Mon hôte se lève à contrecœur et me sort un vieux mais puissant signaleur, coincé entre deux bouquins. Je compose le code pour accéder à la fréquence des rebelles. Quelques secondes plus tard, le timbre de Céline emplit l'espace. Je suis soulagé de l'entendre. Elle est la voix de notre organisation, celle qui vit en permanence derrière un mur d'écrans pour capter tout ce qui se passe dans la ville et nous le transmettre. J'ai travaillé avec elle deux ans avant de me laisser convaincre par mon frère d'aller me battre avec lui sur le terrain.

J'ai confié ma chienne Tornade à Céline. Je l'imagine tranquillement couchée à côté d'elle. La voix de Céline parle d'une offensive dans le centre-ville qui mobilise les forces armées. Je trouve ça étrange, nous n'avons planifié aucune mission cette nuit. Mais ce que j'ai vu sur mon signaleur tout à l'heure, c'était cette attaque qui commençait. Salden disparaît derrière la porte blindée, me laissant seul avec les nouvelles du feu. J'augmente le son.

Apparemment, ce serait une attaque d'un commando de la France Brillante. Une prise d'otages est en cours depuis une heure. Ça confirmerait les infos qu'on a reçues il y a quelques semaines sur leur volonté de pénétrer dans la zone Centre pour foutre le bordel. Et une attaque contre un lieu comme la Cale, ça serait bien leur signature. La restauration de l'ordre moral...

Ma main laisse tomber l'appareil au sol. La voix de Céline se coupe brusquement. *La Cale*. Le bar de Layla.

Depuis notre séparation, je savais qu'elle s'était mise à y travailler tous les soirs pour vaincre une à une les nuits solitaires. Et pour filmer, toujours plus. Mon cœur tape, je regarde autour de moi, ces murs de livres et d'archives deviennent une étouffante prison.

« Qu'est-ce qui se passe, Sohan ? »

Je ne l'avais même pas entendu revenir. Qu'était-il allé faire derrière ? Donner l'alerte ? Soudain, tout me semble danger.

« Il faut que je parte. Où est-ce que je peux ressortir ? Quelque chose de plus sûr que le tunnel ?

— Attendez un peu… Vous n'allez pas repartir tout de suite ?

— Si, je dois filer.

— Ne soyez pas inconscient… Vous êtes en sécurité ici.

— Monsieur… Y a-t-il un moyen plus sûr que le tunnel pour accéder à l'autre côté du Vieux-Port ?

— Non, mais par-derrière, là-bas, vous pouvez accéder au dos de l'ancienne mairie. »

Je le dépasse et entre dans la pièce où il s'est rendu pendant que j'écoutais le signaleur. Au fond, la sortie dont il m'a parlé. Je me fige. C'est par là que des soldats arriveront s'il a donné l'alerte. Mes yeux descendent vers un téléphone. Je tapote l'écran, il est indiqué qu'un appel a été émis il y a deux minutes. Je fracasse l'appareil contre le mur. Salden tente de me retenir de ses bras maigres, je le bouscule et disparais par là où je suis arrivé. Je remonte sur la passerelle qui surplombe la route, je cavale à perdre haleine, j'imagine Layla un flingue sur la tempe. Un facho tient l'arme et l'insulte. Je cours de plus en plus vite. Un grondement au loin.

Je me cache dans un renfoncement pour laisser passer le char. Je continue mon avancée, ouvre la trappe la plus proche, grimpe à une échelle glissante, sors à l'air libre rue Saint-Ferréol. Je ne suis qu'à cinq cents mètres du bar de Layla. Une série de coups de feu retentit. Aller là-bas, c'est prendre un risque insensé. Mais, au fur et à mesure que mes pas me portent vers les cris, tout s'efface, Salden, les terroristes, l'armée, les camarades, ma mission, Marseille, Tanger, l'espoir. Tout disparaît et ne reste qu'un visage.

Layla.

Cœur 2

STELLA

Elle est plantée là depuis son arrivée. Trois jours qu'elle est collée à la grille, jour et nuit, à regarder au loin. À regarder la mer. « C'est la première fois », m'a-t-elle dit quand je l'ai approchée pour lui taxer des clopes. « Première fois dans un camp comme celui-là ? » lui ai-je demandé. « Non, première fois la mer. » Elle avait un drôle d'accent que je n'ai pas su identifier. Arrivée à trente-cinq piges et après un paquet de voyages je pensais savoir tous les reconnaître, mais là non, impossible. Je l'ai questionnée sur ses origines, mais elle a continué à scotcher l'écume sans me répondre.

Même avec le boucan de ce soir elle ne bronche pas. Je tourne la tête vers la pièce où les matons regardent le match. Des émanations de sueur et de mauvaise bière parviennent jusqu'à mes narines. Je crache machinalement dans leur direction. Un des gardiens m'aperçoit.

« Attends la fin du match, Rivero, je vais m'occuper de toi ! »

Je lui réponds par un sourire narquois. Je me demande comment des parties de foot dans des stades pleins peuvent avoir lieu alors que c'est la guerre partout, de la mer du Nord à la mer d'ici, que cette fille à l'accent bizarre ne cesse de fixer. Un maton crie un truc à son collègue qui tient la télécommande. Il change de chaîne, certains gueulent. Les soirs de foot, ils nous laissent tranquilles. Deux heures de répit. Le temps d'un match, ils oublieront de venir nous frapper pour rien, pour un regard croisé, « allez, la pédale, prends ça », « tu crois quoi, que t'as le droit de me regarder ? Baisse les yeux, sale monstre ». Ils zappent sur une chaîne d'info. Une attaque dans le centre. Encore une. Mais dans la ritournelle habituelle s'intercalent des mots qui attirent mon attention, *bar clandestin, rue Breteuil, prise d'otages.*

Layla.

Je me lève, grimace de douleur en tenant l'hématome qui me couvre la hanche. Celui-là, c'est parce que j'ai répondu. Derrière leurs crânes rasés, une carte sur la télé montre la Cale, oui, c'est bien là, le bar où bosse Layla. La France Brillante a déjà revendiqué l'attaque en cours, les gardiens applaudissent, c'est des gars de leur camp, peut-être l'un d'eux a-t-il un frère en train de mettre Layla en joue. Je serre les poings. Leur chef monte sur une chaise, appuie sur un bouton. Le match réapparaît. Ils hurlent tous de déception en se rendant compte qu'un but a été marqué entre-temps. Une grosse vague vient rouler jusqu'à nos pieds. Les soirs de mistral, ça nous oblige à toutes nous rabattre contre le mur du fond. L'écume se retire lentement.

Layla. Quand on m'a amenée ici l'an dernier, j'ai repensé à notre histoire, inévitablement : ce maudit camp est construit sur les plages du Prado, à même le sable où l'on s'est embrassées pour la première fois. Cette lointaine époque où j'étais encore enfermée dans le corps d'un homme.

Lors des premiers jours que j'ai passés au camp, j'ai convoqué les morceaux heureux de notre idylle d'étudiantes, ça m'a aidée à mieux subir les longues journées rythmées par le manque d'air, les menaces, les coups. Et, il y a un mois, j'ai entendu parler d'elle. J'étais au trou à cause d'une insulte lancée à un gardien, et on s'est mises à discuter, avec la fille de la cellule voisine. Alice. Elle m'a raconté sa dernière soirée dans le centre, la veille d'un retour dans la zone Sud pour enterrer sa mère. Elle s'était rendue à la Cale avec des amies et la serveuse l'avait interpellée. Elle avait profité de sa pause clope pour sortir sa caméra et questionner Alice sur ses tatouages. Des fleurs entourant le prénom de ses deux enfants. J'ai demandé à Alice de me décrire cette femme et je me suis réjouie de l'écouter me dresser le portrait de celle que je n'ai pas vue depuis si longtemps : « Très, très grande, la peau mate, un regard profond... »

Quelque chose chavire en moi. Mon cœur palpite bizarrement, je le ressens dans mes tempes, ça cogne et ça couvre presque les cris des gardiens. Ils continuent à picoler. Je m'agite, mes poings et ma mâchoire se serrent. Mes pas me portent machinalement vers l'entrée de la cour. Il n'y a qu'un jeune maton qui la garde. Pas le droit de voir le match comme les autres. Ils ont dû le désigner parce qu'il est nouveau.

Ça fait des semaines que ça me travaille. Depuis que j'ai appris la mort de Maylis, c'est devenu mon obsession. J'ai d'abord pensé à me faire la belle par la cuisine, en intégrant l'équipe des cuistots. Ensuite, j'ai failli participer à une évasion collective, mais je me suis ravisée juste avant de passer à l'acte. Les quinze détenues se sont fait prendre. Ils les ont pendues dans la cour, les laissant là jusqu'à ce que les mouettes et les corneilles les dévorent. Dernièrement, j'ai bien observé l'évacuation des déchets, et il y a peut-être une possibilité de ce côté-là. Ces projets m'ont maintenue en vie. Mais là ce soir, ce n'est plus une combine, c'est la parfaite étincelle, celle qui te pousse à mordre l'instant.

Je serre la lime que je garde dans la doublure de mon pantalon, et que j'affûte tous les jours depuis un mois en pensant à celui qui se mettra en travers de mon évasion. Cette petite arme que je cajole, qui me soulage, au fond je sais très bien que je serai incapable de m'en servir. Je m'avance vers le jeune maton qui est en train de bâiller. En me voyant approcher, il stresse, il se met à taper sa matraque contre sa cuisse, comme un flic de cartoon. Il me demande ce que je veux.

« La fille là-bas qui scotche la mer, elle va pas bien, faut aller voir. »

Le type regarde par-dessus mon épaule, pendant ce temps, je mate son pass électronique. J'hésite, ma main tremble. Mais je ne peux plus rester impuissante. Toutes celles que j'ai aimées doivent-elles mourir sans que je puisse rien faire ?

Se laisser basculer.

Je bloque ma respiration, sors la lime de ma doublure et la plante d'un geste maladroit dans le cou de celui qui n'a pas assez vécu. Je m'y reprends à deux fois. J'enfonce la lime tout en lui demandant pardon, *c'est une guerre et on n'est pas du même camp,* il s'écroule, je l'accompagne comme dans une danse. Je sens son dernier souffle contre la paume de ma main. Je reste pétrifiée, murmure des choses incompréhensibles. Je me fais violence, *bouge-toi, Stella,* je lui arrache son pass. La grille s'ouvre, puis la deuxième un peu plus loin. Mes pieds foulent le sable de la cour. L'alarme se déclenche, les spots m'éblouissent. Je cavale vers le portail, celui qui est moins haut que les autres et à moitié défoncé depuis la tentative d'évasion des filles. Une bourrasque me donne des ailes, des balles sifflent, ça fait des mois que j'ai pas couru. Une voix m'interpelle, je me retourne : la femme à l'accent impossible qui n'avait jamais vu la mer. Elle détale derrière moi, un sourire improbable collé sur son visage. Un geyser sombre sort de son crâne. Je reprends ma course, impuissante, j'atteins le portail, escalade, les barbelés m'enserrent et me mangent, je murmure un « pauvre conne », je sens ma peau s'arracher de toutes parts, je bascule de l'autre côté. Les cris se rapprochent, je grimpe sur la colline où se tient toujours la statue de Rimbaud. Depuis la cour du camp, on lui lançait souvent des prières. Les pins biscornus cachent ma fuite, au moins dix gars me poursuivent, mais ils sont saouls ces cons, c'est trop tard, ce qui m'habite est plus fort qu'eux, je leur échappe mètre après mètre. Je gagne la rue, traverse à découvert avant de sauter le muret qui me sépare de l'obscurité.

Un jardin privé. Je me laisse tomber dans l'herbe, reprends mon souffle, les yeux rivés sur mes godasses trempées du sang du gardien.

Je suis dehors.

Le passage à basse altitude d'un drone puis les voix des gardiens qui s'engueulent au loin me poussent à me relever aussitôt. Je franchis une clôture, une deuxième. Je commence à gravir une ruelle pentue. La colline du Roucas-Blanc, ancien havre de paix bourgeois, est à présent désertée et éventrée par les bombes. C'est ici que les combats entre l'armée française et les miliciens de la France Brillante ont été les plus intenses. Jusqu'à ce qu'une frontière s'établisse au sommet. Si je continue tout droit, je pourrai peut-être me rendre de l'autre côté, dans cette zone où l'espoir est toujours possible. Où les trans et les homos sont libres. Mais encore faudrait-il survivre jusque là. Jusqu'à Layla.

Quand je l'ai embrassée la première fois, elle ne s'y attendait pas. À l'été 2040, on se retrouvait souvent avec d'autres potes de l'école de cinéma pour aller à la plage. Entassés dans le monospace de mes parents, on chantait des vieux tubes ringards. Je conduisais, tout en jetant de discrets regards vers Layla, qui obtenait systématiquement la place du passager à cause de ses grandes guibolles. Depuis le mois de janvier, on avait réalisé quelques projets communs, à mon initiative. Peu à peu, tout en elle m'a renversée. Jusqu'à ce que je n'en puisse plus et que je me précipite maladroitement sur ses lèvres, profitant d'un moment où tout le monde était à l'eau sauf nous. En me détachant, pour conjurer le silence face à ses yeux hébétés, j'ai répété son prénom en boucle, « Laylalaylalaylalayla », tout en caressant son bras, sa peau rêche, avant qu'elle me fasse taire en me lançant : « J'étais persuadée que t'aimais les hommes. Embrasse-moi encore. »

Je me réveille en sursaut. Le carrelage froid me surprend, je me relève d'un coup, parcourue de mille douleurs, je m'écroule un peu plus loin sur le canapé. Je reprends mes esprits, j'étais entrée me réfugier dans cette villa abandonnée et je m'étais évanouie. Je tressaille une nouvelle fois. Une silhouette se tient debout devant moi. La masse sombre me serre les bras et me demande de me calmer. Elle s'assoit à côté de moi. C'est un homme, un civil. Toujours pas rassurée, je me lève, mais tombe encore. Derrière la chaleur, la fièvre.

« Je te veux aucun mal, je me cache, comme toi.

— Qu'est-ce que t'en sais, que je me cache ?

— Tu pisses le sang de partout. Je sais pas ce que t'as foutu, mais si j'étais toi, je monterais à l'étage, y a de quoi se soigner. »

J'inspecte rapidement mes blessures. Les barbelés m'ont dévorée. La tête me tourne. L'inconnu me tient, je le repousse, mais je suis contrainte d'accepter son aide. J'aime pas son odeur. Parfum d'emmerdes. Il veut m'accompagner dans la salle de bains, je refuse. Je verrouille la porte derrière moi. Je m'appuie sur le lavabo et expire un grand coup. Je lève les yeux et sursaute face à mon reflet dans le miroir. Au camp, il n'y en avait pas. Je touche ma peau craquelée, devenue presque écorce à force d'être bouffée par le sable et les embruns pollués. Mon duvet a bruni. J'ai l'air d'avoir pris quinze ans. Et cette silhouette, toute rabougrie. J'enlève mes vêtements, j'essaie de faire fonctionner le robinet. Rien, évidemment. Mais je trouve tout ce dont j'ai besoin pour me désinfecter. Je mords une serviette pour ne pas crier. Je nettoie mes plaies, en bande certaines.

Quand je sors, l'inconnu me donne de l'eau.

« Vas-y, tu peux la finir. Au fait, je m'appelle Joris, et toi ?

— Stella. Je dois repartir.

— Dans l'état où tu es, il faut que tu te reposes.

— J'peux pas. Je me suis échappée du camp, ils me traquent.

— Pourquoi t'étais là-bas ? »

Si je crève pas cette nuit, il faudra que je m'habitue à cette question. Je le remercie du bout des lèvres. Il insiste pour que je reste. Dans l'obscurité, je sens son regard descendre sur mon corps. Il me prend l'épaule, j'esquive, je me lève. Il revient à la charge, m'enserre. Me susurre des mots doux. Un coup d'œil de survie autour de moi. Sur la cheminée, un cendrier qui s'écrase sur sa mâchoire. Quand il se redresse, je suis déjà en train d'escalader la palissade.

Je me cache dans une piscine vide. Je me recroqueville dans un coin et fonds en sanglots. Ça fait du bien.

Vas-y, Stella, pleure, pleure petite conne.

Je lève les yeux. Les nuages se disloquent, mes pensées se plongent dans leur mouvement. Je vois nos corps nager jusqu'à la bouée, nos jambes se mélangent. Notre folle histoire. La dernière de ma vie d'homme. Deux drones traversent le ciel et viennent effacer nos silhouettes. Je lutte contre le sommeil. S'ils me retrouvent, je suis morte.

Layla. Si elle s'en sort et que je parviens à l'atteindre, qu'est-ce qu'elle va se dire en me voyant débarquer ?

Je sursaute. Du bruit dans les feuillages. Un chat saute dans la piscine. Il me fixe. Il est dans un état pire que le mien. Il faut que je me trouve une arme. Je gémis de douleur en me relevant. Certaines de mes plaies se rouvrent et me le font savoir. J'entre dans un manoir, faisant fuir une horde féline. Tout a déjà été retourné et vidé. Et pourtant, quelques traces sensibles des occupants subsistent. Une robe déchirée, une poupée borgne, un cadre photo brisé. Un couple heureux et ses trois enfants. Où sont-ils maintenant ? Sûrement au Maroc dans une baraque aussi belle que celle-là, à recommencer leur vie. Ou entassés dans un appartement parisien, bien à l'abri derrière les hautes murailles. Je retire un bout de verre du cadre que j'entoure en partie avec un morceau de la robe de soirée. Je souris en voyant le sigle de la marque Chanel sur mon arme de gala, mon couteau de fortune.

Mon Dieu, si Vous existez, faites que je n'aie pas à m'en servir.

Je vais explorer les étages. Je tombe sur un journal daté du 12 novembre 2049. La une me fait doucement ricaner. *Grégoire Erca, une voie nouvelle pour relever l'économie.* Je me trouve de nouveaux vêtements, des baskets. J'observe un instant mes vieilles chaussures maculées de sang avant de leur dire au revoir. Je m'engage dans un petit escalier. Deux chats se mettent à me suivre. Je monte dans une tour, et, arrivée au sommet, je me plaque contre la fenêtre. En contrebas, le camp qui s'étale sur les plages comme un lézard de malheur. La gorge me serre. Je revois le visage de la fille à l'accent bizarre. Morte par ma faute, comme ce jeune gardien. Juste derrière, les bâtiments abritant d'autres catégories de prisonniers : les hommes LGBT, les opposants politiques, les musulmans. J'espère qu'ils parlent de mon évasion, que ça donne à certains du courage. Mon regard quitte les baraquements pour se porter plus haut, sur l'ancien hippodrome transformé en base militaire. Une fois par mois, une grande mascarade fasciste s'y tient. Nepel se livre à un discours-fleuve, où il déverse ses nauséabondes litanies dans l'espoir de convaincre, à travers les caméras, les autres leaders fachos de part et d'autre de l'Europe de l'élire comme chef de la coalition qui s'annonce.

Sortir du chaos moral et restaurer les valeurs familiales perdues : le peuple chrétien doit briller de nouveau, et ainsi nous nous relèverons.

Toujours le même laïus, il se fatiguait pas trop. On nous obligeait à sortir dans la cour pour écouter cet ancien présentateur de talk-show, élu démocratiquement maire du grand arrondissement du sud de Marseille en 2047. Et qui a ensuite organisé l'insurrection. Juste après son discours, on nous offrait des boissons glacées pour fêter ça. Un jour, une fille s'est bouché les oreilles à côté de moi. Elle a été envoyée au trou, on ne l'a jamais revue.

À côté de l'hippodrome, le château Borély, reconverti en orphelinat, domine toujours par sa prestance. C'est ici que les enfants d'Alice ont dû être emmenés quand on les lui a arrachés. Mes yeux continuent à glisser sur cette terre vidée de toute humanité. Le port de la Pointe-Rouge scintille. Je me revois serrer fort Paolo, mon petit frère, sur le quai clandestin. Je ne veux pas le lâcher. Les passeurs lui crient de se dépêcher. Il grimpe sur un bateau de plaisance surchargé d'autres migrants. Mes pieds restent bloqués sur l'embarcadère bien après que le bateau s'est fondu dans l'obscurité de cette nuit sans fin. Ils ne sont jamais arrivés au Maroc. C'était au tout début de la guerre. Chaque fois que je regarde cette foutue mer, je pense à Paolo. Elle porte son nom.

Plus loin, les collines pelées par les incendies successifs, et de l'autre côté les calanques. Imaginer le petit port de Morgiou m'apaise un instant. Le mistral continue à souffler de plus belle et libère peu à peu le ciel des nuages toxiques. Les premières étoiles apparaissent. Elles, au moins, on nous les enlèvera pas.

Je m'assois et examine mes plaies. Les félins me tournent autour, l'un d'eux fait bouger une latte de parquet et manque de tomber. Je soulève le morceau de bois branlant et y découvre une cachette. Une petite boîte s'y trouve. Les chats me grimpent dessus lorsque je l'ouvre. Quand ils s'aperçoivent que ce n'est pas comestible, ils s'en vont vers de meilleures aventures, me laissant seule avec ce paquet de lettres. Je repense à Virginie, qui a un temps occupé le lit au-dessus du mien et qui planquait les courriers destinés à son mari. Elle a finalement choisi d'abandonner la vie avant d'avoir la possibilité de les envoyer. Comme tant d'autres.

Je dénoue la cordelette et libère les missives. Je comprends vite que l'ancienne maîtresse des lieux, la dame à la robe Chanel, avait une amante. Cachée dans une boîte, au sommet de la tour... Je feuillette leurs échanges. Depuis que les hommes de la France Brillante ont commencé en 2047 à infiltrer les réseaux sociaux et à fouiller dans les profils publics et privés de chacun, les lettres sont redevenues le moyen le plus sûr de correspondre en secret. Aussi, on a été nombreux à devoir revenir à l'écrit pour communiquer. En tant que trans, on sentait qu'on allait vite être de nouveau des parias. Et ça n'a pas manqué. À l'aide de leurs logiciels fouineurs, les fachos avaient mis au jour nos vies intimes et nous harcelaient. Quand j'ai rencontré Maylis, mon dernier amour, ça commençait déjà à être compliqué de s'aimer librement. Alors j'ai suggéré qu'on s'écrive chaque jour où l'on ne pouvait pas se voir. C'était dangereux, mais peut-être que notre histoire n'aurait pas été aussi belle si l'on n'avait pas tissé ces échanges de l'Ancien Monde. Papier, enveloppe, missive déposée par un ami en pleine nuit. Enfin, ça c'est le côté romantique. Derrière, on jouait notre peau. Et le jour est venu où on a dû y mettre un terme. J'ai annoncé à Maylis qu'il fallait qu'on cache notre correspondance en lieu sûr. Je connaissais quelqu'un qui pourrait garder nos lettres à l'abri jusqu'à la fin de la guerre, hors de la zone fasciste. Elle m'a reproché de me soucier de bouts de papier alors qu'on risquait du jour au lendemain de se faire arrêter. Piquée au cœur, je me suis énervée contre elle. Chaque fois que je repense à ces disputes que j'ai amorcées, je m'en veux amèrement. Toutes ces engueulades alors qu'on aurait mieux fait de rire, baiser, danser. Danser comme ce soir-là, dans une boîte de nuit de Morgiou, un des derniers lieux où la communauté LGBT pouvait encore se sentir libre. Le corps de Maylis virevolte maladroitement sur la terrasse, j'essaie d'attraper ses hanches, mais elle m'échappe, finissant par s'accrocher à la rambarde qui surplombe la mer. Elle étale ses bras, bousculant un couple enlacé. Elle se penche en arrière et offre son visage au ciel étoilé. Ses yeux métissés sont grands ouverts, son cou tendu est trempé par la sueur. Ma main s'y colle littéralement. Plus haut, son rimmel a coulé, laissant des larmes bleues parcourir ses joues. Le visage de Layla vient se superposer à celui de Maylis.

Et toi, est-ce que t'as assez profité de la vie ?

Je m'interroge sur les hommes qui ont peuplé l'existence de Layla après moi. J'interpelle un des chats qui est revenu me voir.

« Tu le sais, toi ? »

La dernière fois que l'on s'est croisées, il y a trois ans, elle était amoureuse d'un type qui appartenait à la rébellion. J'étais heureuse pour elle, elle qui a tant à donner. J'ai pris sa main pour le lui dire, le courant électrique qui émanait de sa peau était toujours aussi fort, aussi fort que lorsqu'on s'était aimées. Elle a regardé par-dessus mon épaule, ses grands doigts se sont détachés pour me montrer son copain qui approchait. Je l'ai vu arriver de loin à contre-jour, solidement bâti, la démarche assurée. Mon cœur a fait un bruit étrange. J'ai prétexté un retard à un rendez-vous urgent et j'ai filé comme une voleuse.

« Je le rencontrerai avec plaisir une prochaine fois. On s'appelle. »

Mais de nos jours, il y a rarement des prochaines fois.

J'ai froissé les lettres sans le vouloir. Je les replace délicatement dans leur cachette.

Je quitte la fraîcheur de la tour pour retrouver la fournaise de la rue.

Mais c'est plus supportable quand on est seule. Au camp, entassées dans les baraquements, c'était l'enfer.

J'y retournerai pas. Je fais cette promesse à la nuit.

« Hey ! »

Je sursaute, me plaque contre le mur.

« Te cache pas ma beauté, viens ! »

Je le reconnais malgré l'obscurité. Le type de la première maison. Je m'empresse de disparaître derrière une allée de pins. Mes mains abîmées n'en peuvent plus d'escalader, me disent-elles après avoir atterri dans un potager.

J'avance de villa en villa. Éviter la rue à tout prix. J'aurais dû y penser plus tôt. Et pas qu'à cause des rôdeurs. Capteurs thermiques, drones. Et les tireurs embusqués. Au tout début de la guerre, on était un paquet à ne pas respecter les interdictions de fête. Alors un samedi, pour l'exemple, ils ont massacré des centaines de noctambules. Je sortais d'une soirée électro avec deux amies. Quelques heures de répit souterrain. Elles sont tombées en silence, comme foudroyées. Elles s'étaient chacune pris une balle en pleine tête. Je me suis retournée et je l'ai aperçu, perché sur un toit : un soldat en train de recharger son fusil. Ça m'a laissé le temps de détaler. Depuis, je me demande souvent pourquoi il a choisi de me tuer en dernier.

C'est grisant de pouvoir marcher comme ça en pleine nuit. Sans se mentir. Entre le moment où ils ont décrété l'internement des trans et le jour où j'ai été arrêtée, il s'est passé presque un an, onze mois pendant lesquels je me suis cachée, onze mois pendant lesquels, les rares fois où je suis sortie, j'essayai de paraître aussi femme que possible pour dissiper le moindre doute. Tout en restant discrète. Seule, sans Maylis, et parfois avec un copain pour enfoncer le clou. Une vraie femme, et une vraie hétéro.

Je devine au loin le mur qui sépare la zone Sud du reste de la ville. Au rythme de mon avancée, il se fait de plus en plus haut, prend des allures de muraille infranchissable. J'avais entendu parler de galeries, j'avais essayé d'en savoir plus auprès d'Alice, avec qui j'avais discuté au trou, et qui les avait empruntées pour revenir de la zone Centre. Mais elle avait eu vent que le passage avait été rebouché, comme souvent. Même si, pour chaque tunnel fermé, un autre se rouvrait ailleurs.

J'entre dans une villa et monte au dernier étage. Près de la fenêtre, j'observe cette injuste frontière, hérissée de barbelés, de détecteurs de mouvements et de miradors. Mon regard porte au-delà du mur et tombe sur Notre-Dame-de-la-Garde, du moins ce qu'il en reste. Son fier clocher n'est plus.

« Démembrée, la Bonne Mère, comme moi », me dis-je en souriant.

Une mouette raille dans les airs et tente de se poser sur la muraille. L'électrification des barbelés est telle que le volatile est littéralement grillé. Une secousse, une deuxième, et il chute, au pied du mur. La masse fumante attire un chat téméraire. L'animal déclenche un capteur et un spot s'allume pour mettre en lumière la scène absurde : un matou tenant dans sa gueule une aile de mouette cramée. Il est rejoint par un autre dans ce petit théâtre à ciel ouvert, éclairé au projecteur. Des militaires avancent sur le mur tels des funambules, l'un d'eux montre du doigt le spectacle en riant. Les deux félins se disputent et écartèlent l'oiseau. Ils repartent dans la même direction. Je les suis des yeux. Les chats, ils doivent connaître les passages.

Je gagne prudemment la maison où les bêtes sont entrées. L'odeur de pisse est infâme, les tapisseries sont lézardées de griffures. Ils en ont fait leur palais. Je descends à la cave. Aucune trace d'un tunnel.

Tu croyais quoi, pauvre conne.

Je quitte cette maison puante et entre dans un immeuble voisin. Je pousse la porte du premier appartement du rez-de-chaussée. La décoration laisse penser qu'un couple de personnes âgées vivait ici. Dans la cuisine, je tombe sur un calendrier. Aucune page n'a été arrachée depuis le 18 mai 2037. Mon cœur se serre. Je revois mon grand-père suffoquant sur son lit de mort, ce même printemps. L'année de l'hécatombe. La pollution due à l'explosion de l'usine chimique de Martigues avait enlevé la vie à des milliers de personnes âgées.

Je me couche sur un canapé, un nuage de poussière s'élève autour de moi. Je ressens mes muscles un à un. Jusqu'où cette nuit va-t-elle me conduire ? Mes paupières tombent. Je me sens trop petite pour ce voyage.

La pression du métal me réveille brusquement et me glace. La température de mon corps dégringole. Celui qui tient l'arme posée sur ma tempe me parle doucement.

« Qu'est-ce que tu fabriques ici ? »

Je me retourne prudemment vers le visage de mon agresseur. Un rai de lumière éclaire une vilaine cicatrice qui vient se fondre dans sa moustache. Mes yeux descendent vers son t-shirt troué. Pas d'uniforme, c'est déjà ça.

« Réponds.

— Et toi, qu'est-ce que tu fous là ?

— C'est moi qui pose les questions.

— Je connais que ça, les interdictions, et je sais qu'aucune m'empêche de répondre à une question par une question.

— T'es une marante, toi, dit-il en réajustant son arme.

— Tu fais partie des factions rebelles, non ? Un mec avec une arme et sans uniforme, c'est soit un taré, soit un rebelle. Remarque, tu peux être les deux...

— Ferme-la. T'es seule ?

— Super seule. »

Il balaie la pièce du regard. Je m'assois, ça le rend nerveux.

« J'ai besoin de passer de l'autre côté. Tu m'aiderais ? »

Il ricane.

« Et pourquoi je t'aiderais ?

— Parce que t'as une tête à pas être d'accord avec ceux qui font la loi de ce côté-ci du mur.

— Et qu'est-ce qui te fait dire ça ? »

Il a pas l'air méchant avec sa voix fluette et sa petite moustache. Il a même l'air presque aussi paumé que moi.

« J'ai un deal à te proposer.

— Hein ? Tu manques pas de culot, toi. Et qu'est-ce que tu pourrais m'apporter ? »

J'hésite un instant. Et si je ne pouvais pas lui faire confiance ? À qui peut-on encore se fier dans cette ville ?

Et merde.

« Je peux te fournir des infos sur le camp des plages. Je viens de m'en échapper. J'ai de grandes oreilles, j'ai entendu plein de choses que se racontent les gardiens entre eux sur les projets de la France Brillante. »

Son regard change, il baisse son arme.

« Et comment t'as fait pour t'évader ?

— La rage. Et l'observation. Et aussi des gardiens bien bourrés. »

Il ricane, me propose de l'eau. Je vide sa bouteille. Je respire à nouveau normalement.

« On va pas tarder à repartir de l'autre côté. Attends ici, ne bouge surtout pas. Je vais en parler à mes camarades. S'ils sont OK, je reviens dans un moment. Mais si notre supérieur refuse, tu me reverras plus, me lance-t-il en sortant.

— Attends.

— Quoi ?

— Comment tu t'appelles ?

— Nathan.

— Moi c'est Stella. M'abandonne pas Nathan, OK ? »

Il disparaît. Quitte ou double. Il m'a sûrement caché une troisième possibilité. Revenir pour me violer à plusieurs. Tout se bouscule dans ma tête. J'ai pas le choix. Je m'allonge de nouveau et m'endors.

Je rêve de Prague. De notre voyage de l'hiver 2045. On s'était disputées pendant tout le trajet, recroquevillées dans le fond du bus. Je venais d'avouer à Layla quelques jours plus tôt que je voulais faire ma transition, entièrement. Mais que ça ne changerait rien à ce que j'éprouvais pour elle. Depuis, je la sentais tiraillée entre sa haine pour ce qu'elle appelait mon « désir de mutilation » et sa peur de ne penser qu'à elle.

J'veux pas perdre mon mec.

À notre arrivée en République tchèque, une fièvre improbable m'était tombée dessus. J'avais sûrement chopé une saloperie dans le bus.

« Tu m'as jeté un sort ? » lui avais-je demandé.

J'ai passé plusieurs jours transpirante dans le lit de l'auberge de jeunesse tandis qu'elle arpentait seule les rues de Prague, caméra au poing. Et au milieu de cette fièvre qui ne baissait que très lentement, j'ai pris ma décision. Layla est rentrée avec un sac plein de courses et s'est précipitée vers moi pour prendre ma température. Dans mon sommeil, j'ai senti sa main.

Mais ce n'est pas la sienne. Le jeune rebelle me secoue.
« Lève-toi et suis-moi. »

Les cinq camarades de Nathan me saluent avec méfiance. Le plus vieux d'entre eux se présente : Jacques. Il me demande d'un ton glacé d'enlever mes vêtements. Je refuse, il insiste. Je cherche Nathan du regard, il a disparu. Jacques m'amène dans une salle à part. Je sens les yeux des autres à travers l'embrasure de la porte. Je me déshabille dans un coin, à l'affût, prête à sortir mon couteau de fortune à tout moment. Jacques détourne le regard avant de me passer des lunettes infrarouges et une combinaison.

« Désolé, je devais m'assurer que tu ne cachais pas d'arme. Remets ton t-shirt et ta culotte, puis enfile ça.

— Mais c'est dégueulasse votre truc, elle est toute grasse cette combi !

— C'est de la graisse étoilée, princesse. Du gras mélangé à des morceaux de métal iodé. Ça nous rend invisibles aux capteurs. »

On descend dans une cave par une échelle branlante. Dans l'obscurité totale, je ferme tel un bouclier la file indienne composée des six hommes. La place de la morte, la première à tomber si l'on nous surprend par-derrière. Nathan, en tête du groupe, pénètre dans un tunnel dont l'entrée a été forcée. On peut encore sentir l'odeur de la dynamite. Le passage est si étroit que nos épaules raclent contre les parois. Les effluves de graisse me donnent envie de vomir. À travers les lunettes, des particules vertes s'agitent. Cette poudre volante, ça plairait à Layla. Bon sang, comment je peux penser à ses vidéos expérimentales alors qu'on risque de se faire trouer la peau d'une minute à l'autre ? Ou gazer, comme ils l'ont fait pour éliminer toute présence dans certains tunnels. L'air se fait rare, on respire doucement au son de nos combinaisons qui s'accrochent et de nos pas soulevant la poussière. Difficile de croire qu'au bout de cette galerie il y a un début de liberté. Je pense à Virginie, à Angel, à Sharon, sœurs de concentration, avec qui on rêvait d'évasion. On fantasmait sur la première chose qu'on ferait une fois sorties. Virginie foncerait chez son père, Angel irait droit chez le chirurgien esthétique pour avoir une nouvelle gueule et échapper aux détecteurs de visages. Pour Sharon ça changeait tout le temps. Rejoindre son homme en Lozère, louer une chambre à l'hôtel des Mirages et se taper un militaire ramassé au bar, partir s'engager auprès des rebelles. Moi ça a pas mal évolué aussi. Mais je n'avais plus grand monde chez qui je pouvais me précipiter pour me lover dans des bras réconfortants. Mes parents avaient émigré aux États-Unis, ma sœur au Maroc et la plupart de mes amis avaient réussi à fuir avant l'instauration des lois fascistes. Ou étaient morts.

Moi j'avais voulu rester. Marseille, c'était mon territoire, mon sang. Et j'étais amoureuse. Oh oui, sacrément amoureuse. C'est aussi pour elle que je suis restée. J'ai rencontré Maylis à la sortie d'un cinéma. Elle semblait en colère contre le film, comme moi. Je lui ai taxé une cigarette. Et on s'est plus quittées. Un an plus tard, la clinique où je m'étais fait opérer a vendu ses archives à la France Brillante, juste avant de fermer. La chasse aux sorcières s'est amplifiée, je me suis retrouvée triplement fichée : trans, lesbienne et journaliste indépendante. Mandat d'arrêt. Et il était trop tard pour s'enfuir de la zone Sud. On a dû déménager trois fois en six mois pour leur échapper.

Je revois le visage de Maylis, tendu vers le mien qui s'éloigne. Les flics s'y sont pris à quatre pour la retenir, pendant que deux autres me faisaient monter dans un fourgon. On a tellement hurlé que mille visages sont sortis des fenêtres surplombant la place de l'Obélisque. Mille visages silencieux, impuissants. Et pour certains satisfaits. Les portes se sont fermées et, à travers la grille du fourgon, je l'ai vue disparaître sous les coups de pied des miliciens. Maylis est morte peu de temps après. Une explosion au local du journal pour lequel elle écrivait, et dans lequel j'avais travaillé à ses côtés. Je l'ai appris par une détenue. Dès qu'un convoi de prisonnières arrivait au camp, on se précipitait sur elles en espérant obtenir des nouvelles de nos proches.

La lumière surgit comme un éclair. Une trappe vient de se soulever au-dessus de nous. Une boîte de nuit désaffectée, éclairée au néon. Quand on sort, une femme nous tend des bouteilles d'eau. Ses yeux bleu menthe glaciale me transpercent.

« C'est qui, elle ? »

Nathan lui explique que j'ai des infos à leur fournir. Elle l'engueule, les engueule tous. Et si j'étais une espionne ?

« Bon, on n'a pas le temps de bavarder, là, tu nous diras ce que tu sais plus tard. En attendant, on va trouver un moyen de te rendre utile. »

On remonte à la surface. Je reconnais enfin le lieu au moment où l'on traverse le vestiaire : le graffiti représentant la pirate Mary Read est toujours là.

La face nord de Marseille s'offre à mon regard. Je ne peux m'empêcher de sourire. Le Vieux-Port, les forts qui gardent son entrée, et l'Estaque au loin. L'horizon retrouvé, caché par la colline depuis mon internement. Layla n'est plus très loin. On longe les murs, jusqu'à une place. Tout à coup, la femme nous arrête. Elle se dirige vers moi. J'ai la trouille.

« À mon signal, tu traverses cette place en courant. Et tu nous attends un peu plus loin, dans la rue qui descend. »

Les autres se regardent entre eux, surpris par cet ordre. Nathan intervient.

« Tu peux pas lui demander un truc pareil, c'est dégueulasse. On n'est pas comme ça, nous. On pourrait faire un détour.

— Pas de détour. À cause de cette conne, vous êtes arrivés en retard, la voie est plus dangereuse maintenant. Alors si on veut éviter les patrouilles, faut qu'on essaie de passer par là. »

Jacques prend ma défense en affirmant que je dois être débriefée en lieu sûr à propos de ce que j'ai promis de leur révéler. Ils commencent à se disputer à voix basse. Pendant ce temps, je fais glisser mes pupilles sur les façades. Derrière les fenêtres, des détecteurs puissants, des tireurs embusqués. La graisse étoilée ne peut pas nous protéger de tout. Ils évoquent un camarade qui est mort ici il y a quelques semaines. Voilà pourquoi elle veut que je passe d'abord. Ils continuent à s'engueuler. Sacrifier une innocente pour sécuriser la voie. Je prends une grande inspiration. Croise un instant le regard de Nathan.

Je suis celle qui survit à tout.

Lorsqu'ils se retournent, je suis presque au milieu de la place. Une sirène hurle, ma capuche tombe, mon visage nu s'offre à la nuit, un flash aveuglant déchire l'espace.

Ma photo entre dans leur base de données et se propage sur tout le réseau de sécurité. Mon sentiment de liberté aura été de courte durée. Des balles fusent au-dessus de ma tête. De ce côté de Marseille aussi je deviens une bête à abattre.

Je ne sais pas combien de temps j'ai couru, un tas d'alarmes se sont déclenchées sur mon passage. Je débouche rue Paradis, je me précipite dans un immeuble par une ouverture béante laissée par un obus. Se fondre dans la pierre, vite. Un blindé fonce, suivi d'un autre. Je les entends tourner à gauche. Ils se dirigent vers le bar de Layla. Je sors de ma cachette et avance à travers les bâtiments détruits. Je sillonne de l'intérieur ces grandes dames de pierre déchues, trouées de toutes parts. Les battements de mon cœur s'accélèrent de concert avec les sirènes des ambulances, qui se font de plus en plus présentes.

Je monte au sommet d'un immeuble. Je saute de toit en toit en toute inconscience, une seule chose me préoccupe, l'atteindre.

Layla, tout ce qu'il me reste dans cette foutue nuit.

Je surplombe la rue Breteuil. Je m'allonge et laisse mon visage s'offrir au vide. De nombreux véhicules sont postés devant l'ancien cinéma qui abrite le bar. Je reconnais les sigles officiels de l'armée régulière sur les carrosseries. Des soldats vont et viennent sans se presser, les mitraillettes sont baissées, la prise d'otages semble terminée. Dix corps entièrement recouverts par des draps sales sont étalés sur le trottoir. Je déglutis.

Je me retourne, face contre ciel. Je pose les mains sur mon ventre trempé de sueur. J'ai l'impression de couler entièrement, de remplir ce toit de toute ma course impossible. Je pense à ces cadavres couchés en bas, non, elle n'y est pas, comment pourrait-elle y être, elle qui est si grande, si forte ? Un son aigu me fait rouvrir les yeux. Le faisceau d'un drone caresse les toits. Je disparais avant qu'il ne m'atteigne.

Remonter vers chez elle. Seul espoir, me dis-je en dévalant l'immense escalier tapissé. Je longe les murs jusqu'à un cratère qui déchire la rue Breteuil et j'y descends pour échapper aux capteurs. À l'intérieur, c'est encore chaud. De l'autre côté, je pénètre dans un bidonville. Des caravanes et des bicoques, des fenêtres par lesquelles on devine des bougies et des vies malmenées. Les odeurs de poubelles chauffées au soleil me donnent la nausée. Des rats gambadent joyeusement. Je bute sur ce que je pense être un sac. En me retournant, je découvre un corps à moitié bouffé par les vers. Je me précipite vers un fossé pour dégueuler. Je crois y voir un nouveau cadavre. Je vacille, quand est-ce que cette horreur s'arrête ? Je grimace, amère : c'est probablement dans cet endroit que je vais venir me terrer une fois que la porte de Layla sera restée silencieuse.

Le son d'une radio attire mon attention. Elle provient d'une des dernières cabanes. Je m'en approche et m'assois sans faire de bruit. De la musique, ça fait si longtemps. Je fredonne dans ma tête cet air, un piano accompagne un oud. Un morceau surgi d'une autre époque, celle où l'on pouvait traverser la nuit sans se cacher. Je ferme les yeux.

« Tiens. »

Je sursaute. Au-dessus de moi se tient une femme d'un certain âge. Elle me tend une bouteille d'eau que j'attrape et engloutis. Avant même que je puisse la remercier, elle m'invite à entrer. L'endroit est précaire et accueillant à la fois. Entre quatre planches, cette femme a réussi à se concocter un abri cosy : de vieilles photos du sol au plafond, des foulards multicolores, des poèmes, des cartes de tarot. Et cette odeur ! De l'encens bon marché qui vous pique les yeux et brûle les narines, mais c'est peut-être le parfum le plus rassurant qui m'ait enveloppée depuis bien longtemps. Je m'installe sur un rondin de bois. Elle me donne une cigarette.

« Je m'appelle Marion. Et toi ?

— Stella. Merci pour la flotte et la clope.

— T'es pas du quartier, toi. Qu'est-ce qui te fait risquer ta vie à te promener dans le coin ?

— Je vais chez quelqu'un. M'assurer qu'elle va bien.

— Wow. C'est très généreux de ta part.

— Ouais… Mais j'y vais aussi parce qu'elle est la dernière personne à laquelle je tiens qui est encore à Marseille. »

Marion m'apprend qu'elle vivait dans un immeuble voisin qui a été détruit. Comme elle savait que ça risquait d'arriver, chaque matin, avant de partir bosser, elle mettait dans son sac à dos tout ce à quoi elle tenait le plus. Photos, cartes de tarot, grigris, tout ce qui est aujourd'hui accroché autour d'elle. Et elle décollait avec toutes ses affaires sur le dos, direction son cabinet d'avocat, cours d'Estienne-d'Orves.

« Plus beaucoup de cas à défendre par ici, mais on avait beaucoup de clients étrangers. »

Mes yeux s'attardent sur des médailles militaires avant de se poser sur une photo de la plage du Prado. Avant le camp.

« C'est mon grand-père qui a dessiné ces plages. Elles sont complètement artificielles, tu savais ça ? »

Je secoue la tête.

« J'en viens. »

Elle comprend et baisse les yeux. Ma fée du bidonville me propose un morceau de pain sur lequel elle place un bout de viande synthétique. Avec tout ça, j'avais oublié que j'étais affamée. Je croque à pleines dents, le pain est rassis et le faux jambon a un goût de plastique. Mais je me régale, je n'ai jamais rien mangé d'aussi bon depuis mon arrestation.

« Je dois y aller.

— Tu devrais attendre le matin. Avec l'attentat, ça grouille de drones et de patrouilles.

— Les choses seront tout aussi dangereuses pour moi demain. J'ai été flashée. »

Marion m'indique un chemin sûr pour rejoindre la cité où vit Layla. Elle me serre dans ses bras et me souhaite bonne chance.

« À bientôt peut-être. »

Je n'ose pas lui répondre, alors je lui souris. Je ne veux plus dire « à bientôt », ça fait trop mal, ça n'existe plus.

Je redeviens l'oiseau de nuit. J'y suis presque. Cette partie du chemin se fait sans encombre, grâce aux conseils de Marion. Que deviendra-t-elle cet hiver, lorsque les températures descendront bien au-dessous de zéro ?

La cité de Layla apparaît au bout de la rue Tobelem. Les battements de mon cœur s'accélèrent. La dernière fois que je suis venue, c'était pour récupérer mes affaires. Layla m'a apporté le carton à l'entrée de sa résidence, elle était pressée. Je venais juste d'en finir avec mes opérations, dont celle où je m'étais fait affiner le visage. Elle était fuyante, tourmentée, elle n'osait pas me regarder dans les yeux.

Je repère son immeuble parmi la forêt de tours, je compte les étages jusqu'à sa fenêtre. Pas de lumière. Je m'approche, compte et recompte, abandonne ma vigilance et me retrouve au beau milieu de la rue. Un drone passe au-dessus de ma tête. Mon corps se glace, je plonge derrière des conteneurs de poubelles en jurant. Est-ce que cette foutue graisse étoilée m'a protégée de son capteur ? Un coup d'œil dans le ciel, la machine continue sa route vers le Pharo. Je respire, longe le mur jusqu'au portail de la cité. Un lointain cri métallique. Le drone effectue un virage en déployant ses ailes armées. Il revient. Je renonce à franchir la grille tout de suite, je me précipite sous une voiture. À peine suis-je allongée sur le bitume qu'une ombre furtive me frôle et me fait sursauter. L'inconnu escalade le portail. Je ne l'avais pas vu venir. Tel un chat habile, il atteint le sommet. Il aperçoit trop tard le drone qui fonce vers nous. Il se fige, hésite. Lorsqu'il s'apprête à passer de l'autre côté, il reçoit une première balle. Silencieuse, elle vient transpercer son bras. Les suivantes l'atteignent en pleine poitrine. Il retombe dans un bruit sourd sur le trottoir. Je plaque ma main sur ma bouche pour étouffer un cri. Le drone descend calmement dans notre direction. J'essaie d'imaginer le type qui le pilote, bien calé dans son fauteuil. Je le maudis. Une quinte de toux me secoue violemment, mon dos se cogne contre les intestins de la bagnole. Mes doigts rencontrent un liquide chaud, je sursaute. Une petite rivière de sang provenant du corps de l'inconnu. Comme s'il voulait me confier ses dernières volontés. Il est là, tout près, face contre terre. Le drone s'arrête à quelques centimètres du visage de sa victime. Il scanne son regard. Je ferme les yeux, prie pour qu'il ne me voie pas. L'appareil s'éloigne, j'expire enfin. Je mets un moment à me calmer et à trouver le courage de sortir de ma cachette. Je me penche sur le corps inanimé, le retourne vers moi. Je découvre son visage. Un homme de mon âge. Il est beau. Je cherche son pouls en vain, écoute son cœur plein de silence. Je pleure de nouveau, lui murmure que je suis désolée. Je lui parle, comme si je me devais de réconforter son âme, prête à s'envoler.

« Qui es-tu ? Qu'est-ce que tu venais chercher, toi, ici ? »

Son sac a atterri près de lui. En l'ouvrant, je laisse échapper un petit cri.

Des liasses de billets. Une fortune. Je plonge ma main à l'intérieur pour y croire. Dans la poche de devant, des notes.

5 h 30. Camionnette Renault noire place Sadi-Carnot. Taper à l'arrière quatre fois avec le poing, un silence de cinq secondes, deux fois avec la paume de la main. Cargo Saint-Exupéry, *direction Tanger. Amener le reste de la somme.*

Je me répète ces phrases qui forment une étrange formule magique. Je convoque l'évidence avant de m'en vouloir aussitôt. Je souffle un bon coup et me lève. Je fais trois pas vers le portail, je pense à mon frère, à son voyage vers la mort. Je peste contre moi-même, pivote, reviens en arrière, mets son sac sur mon dos, fourre le papier du rendez-vous dans ma poche. Et je reste bloquée là, incapable de le laisser. Je lui caresse la joue, abandonne un baiser sur son front. Et lui demande une dernière fois pardon.

Mes doigts glissent sur la porte. Je n'ose pas frapper, de peur de ne pas avoir de réponse. Depuis le temps, Layla n'a toujours pas fait réparer la sonnette. Je pose ma main sur le clavier numérique de la serrure. Impossible de me rappeler le code. Dire que je le connaissais par cœur. Mais trop de chiffres sont venus encombrer mon esprit depuis. Mes phalanges tremblent. Je ne peux m'enlever de la tête le visage de cet homme étendu en bas. Je respire un grand coup et toque à la porte. Rien. Je recommence encore et encore, tambourine jusqu'à ce que mes doigts se fassent poings et cognent. Un voisin sort de son appartement et me lance un sale regard avant de rentrer dans sa tanière. Mes doigts graisseux pianotent la date de naissance de Layla sur le digicode. Rien. Un instant plus tard, comme un clap final, la minuterie du couloir s'éteint. Je m'apprête à retourner vers la cage d'escalier lorsque quelque chose surprend mes pupilles.

Des vagues de lumière. Du bas de la porte de Layla s'échappent des volutes de couleurs. Elles dansent sur le sol. Je tourne autour, captivée. Quelque chose vit à l'intérieur. De la fumée d'image. Ça me fait penser à ces films expérimentaux qu'on matait ensemble jusqu'au bout de la nuit. Cette passion nous unissait, même si, contrairement à elle, j'avais renoncé à y consacrer ma vie. J'aimais ce qu'elle faisait, j'ai été touchée par son style dès qu'on a commencé à collaborer à l'école de cinéma. Ses images m'ont très tôt rendue heureuse. Je me souviens des soirées qu'elle organisait régulièrement ici. Derrière cette maudite porte fermée, elle réunissait des amis pour montrer des courts-métrages qu'elle avait réalisés. Notre première nuit me revient. Séance très privée cette fois. Le corps nu de Layla qui se lève pour allumer le projecteur. La main tendue vers le bouton, elle dévoile sa poitrine généreuse. L'appareil s'enclenche et, en un instant, son buste et son visage se retrouvent drapés de couleurs mouvantes. Elle se laisse retomber sur le matelas. Ses plans frénétiques viennent recouvrir le mur. Elle approche sa bouche de mon oreille.

« Si tu veux revenir, y a un digicode à la porte. Ils l'ont installé le jour où on s'est parlé à la gare. Quand le technicien m'a demandé de choisir un code, j'ai bêtement choisi le jour qu'on était… »

« … 15012040 », je murmure en pianotant sur le clavier. Le jour où tout a commencé.

Les lumières ondulantes s'agrandissent jusqu'à révéler leur provenance une fois la porte grande ouverte. Au fond du salon enfumé, devant les volets fermés, trois écrans d'où jaillissent des images confuses et agitées. Des hommes cagoulés, des gens au sol qui tremblent. Des armes. Face à l'écran central, Layla est assise sur son éternel fauteuil défoncé. Elle manipule la souris à la vitesse grand V, ses doigts viennent cogner un cendrier trop rempli. De son autre main, elle effleure des images sur l'écran, les caresse pour les rallonger ou les raccourcir. Un casque audio la coupe du monde. Je m'approche, je quitte ce présent impossible pour mettre un pied dans le passé, je sens mon corps se détendre tout entier. Je me déleste de ma combinaison graisseuse et me retrouve en t-shirt et en culotte. La fraîcheur de la climatisation m'enveloppe. Je balaie du regard l'appartement, tout a changé. Soudain, les écrans deviennent noirs, mon reflet fantomatique apparaît sur l'un d'eux. Layla sursaute, saisit un shocker électrique posé devant elle et bondit sur moi. J'attrape son poignet et le bloque, l'arme crache de petits éclairs bleus, la poitrine de Layla vient buter contre la mienne. Nos visages se frôlent. Ses yeux me fixent et se plissent, elle fait un pas en arrière. Elle augmente l'intensité de la lumière, laisse tomber le shocker. Elle pousse un soupir qui se transforme en sourire tordu et se précipite de nouveau vers moi, cette fois dans une variation heureuse. On se serre très fort. Toutes nos terreurs se mélangent. Elle se détache doucement, jette un coup d'œil intrigué à la combinaison qui jonche le sol de l'entrée. Elle me prend la main et m'emmène sur le canapé.

« Le code, je m'en…

— Chut, me dit-elle en posant un doigt sur mes lèvres, laisse-moi te regarder.

— Je suis pas très présentable… »

Ses doigts glissent sur mes joues, cette fois elle me regarde vraiment, profondément, mais c'est comme si elle cherchait quelque chose derrière mon visage affiné par le chirurgien puis ravagé par le camp.

« J'ai eu tellement peur, Layla…

— C'est fini.

— Comment…

— Ils ont surtout abattu les hommes. D'autres sont morts pendant l'intervention des militaires. Ils n'en avaient rien à foutre, eux, d'ailleurs. Quelque part, ils étaient bien contents que les terroristes aient attaqué un lieu illégal. Avec la panique qu'il y avait, j'ai réussi à filer. Depuis que je suis rentrée, je mate les images que j'ai filmées.

— Pourquoi tu t'infliges ça ? C'est fini, maintenant, Layla…

— C'est maso, je sais, mais j'en ai besoin, me réapproprier... Mais merde, et toi alors ? Qu'est-ce que tu fais là ? À puer le gras, en culotte... Et puis dans quel état t'es, bordel ! »

On éclate d'un rire improbable, un rire qui défie tous ceux qui ont voulu nous trouer la peau depuis le coucher du soleil. Elle me tape sur l'épaule, pile sur une plaie, je laisse échapper un cri.

Layla nettoie consciencieusement mes blessures. Je viens de prendre une douche, mon corps s'est relâché. Je décide de ne pas parler de l'homme au sac à dos ni de cette possibilité de quitter la ville dans une poignée d'heures. Soudain, la lumière de la salle de bains s'éteint. On sursaute, je glousse nerveusement. Les coupures d'électricité sont monnaie courante depuis notre enfance. Je sens les doigts de Layla trembler, je les caresse. Le plafonnier grésille et nous éclaire de nouveau. Layla se met à désinfecter une entaille en haut de mon sein droit. Elle s'y attarde.

« C'est vraiment bien fait, dit-elle en souriant, sans lâcher ma poitrine des yeux.

— Ça te plaît ? je réponds, piquante.

— Bon, ça suffit, tu vas finir par me dire comment tu t'es fait toutes ces entailles ? »

Je lui parle du camp, de l'évasion, version courte, pas envie de m'apitoyer.

« T'es complètement malade de t'être enfuie. Et puis qu'est-ce qui t'as pris de venir jusqu'ici ? C'est un miracle que tu t'en sois sortie vivante.

— Ben voilà, j'ai fabriqué un miracle grâce à toi, chère Layla.

— Arrête tes conneries Luca... »

A-t-elle fait exprès de m'appeler par mon ancien prénom ? Je n'ose pas lui demander. Au cœur de cette nuit, tout ça n'a pas d'importance. Mon regard tombe sur le sac à dos. Et glisse ensuite vers la pendule. Si jamais je veux tenter ma chance, dès cinq heures, la fin du couvre-feu, il faut que je sois dehors.

« Ouh, je t'ai perdue, là », dit Layla en me tendant un grand verre de rosé rempli de glaçons.

Je bois une gorgée tout en baissant les yeux. J'ai honte.

« Tu peux rester un peu ici, si tu veux.

— Je vais t'attirer que des emmerdes. Et j'ai l'impression que t'as eu ta dose.

— Allez, reste un peu. On sera entre copines, soirées pyjama et tout le toutim. »

On se marre.

« Putain, c'est bon de rigoler, avoue-t-elle en soupirant.

— Tu parles toujours comme un mec !

— Qu'est-ce que tu veux, on se refait pas...

— Tu fais encore des films ? je lui demande en pointant son ordinateur.

— Ouais. Mais j'ai laissé tomber les vidéos expérimentales. Je me suis lancée dans un gros projet depuis trois ans : je filme les clients du bar qui me confient leur histoire. Des personnes ordinaires qui me racontent ce qu'ils ont perdu, comment leur quotidien est devenu impossible. Des soldats qui ont déserté et qui balancent sur les pratiques inhumaines de l'armée. Ou bien des hommes et des femmes qui sont parvenus à s'échapper de la zone Sud et qui m'ont raconté ce qui s'y passe. Là je suis en train de monter tout ça pour l'envoyer au Festival du cinéma engagé de Tanger.

— Wow, c'est bien, ça va faire du bruit là-bas. Je suis fière de toi, je lui dis en lui prenant la main.

— Tu serais d'accord pour que j'enregistre ton témoignage demain matin ? »

Je ne réponds pas. Je n'ai plus envie de raconter cette histoire. Devant mon silence, Layla me chatouille. En représailles, je lui envoie une petite claque sur la joue.

« Hey ! T'es con ou quoi ? me lance-t-elle.

— Conne.

— Non, y a qu'une conne ici, c'est moi. »

Layla retourne dans le salon en riant. Elle ouvre les volets, le vent se glisse à l'intérieur. Je la rejoins en repensant à l'inconnu. Devant le portail, il n'y a plus qu'une trace de sang. Il a dû être emporté par une patrouille. Layla sent ma présence derrière elle, elle attrape mes mains et les place sur son ventre. Je la serre contre moi. J'appuie mon visage contre sa nuque. J'inspire à fond pour m'imprégner de son odeur, toujours ce côté chaud et musqué. Mille images me reviennent. Les gares, les fêtes, le sexe le matin. Elle caresse mon bras. Je lui parle de cette femme au tatouage, Alice, qu'elle a filmée et que j'ai rencontrée au camp. Je n'ose pas dire à Layla que depuis ce jour-là j'ai beaucoup pensé à elle. Elle s'empresse d'aller pianoter sur son ordinateur jusqu'à ce qu'elle trouve l'interview d'Alice. On l'écoute en silence. Pour détendre l'atmosphère, elle me montre un autre témoignage, celui d'une très belle femme, écrivaine publique, qui vient souvent au bar pour décompresser après de longues journées à traduire sur papier la détresse de ceux qui cherchent à partir. Elle raconte avec de grands gestes l'histoire d'un homme qui est venu la voir pour qu'elle l'aide à rédiger des demandes de financement pour un projet qu'il s'apprêtait à monter au Maroc. Il s'agissait d'un nouveau genre d'éolienne, capable de produire du son et qui, selon l'intensité et la provenance du vent, fabriquerait de la musique. L'écrivaine sort alors de son sac une boîte que l'homme lui a offerte. À l'intérieur une éolienne miniature, un prototype. Elle demande à Layla d'éteindre un instant la radio diffusée dans le bar et d'approcher un ventilateur. Elle place l'éolienne en face. Des clients curieux s'amassent autour du comptoir, les hélices se mettent à tourner et une musique dissonante s'élève. Les spectateurs hésitent entre moquerie et admiration, j'entends Layla pouffer de rire derrière sa caméra.

« Elle était là ce soir, me dit Layla. Au moment où les terroristes ont débarqué, elle s'apprêtait à me dire un truc important, quelque chose en lien avec son travail. Elle a été une des premières à crever sous les balles de ces enfoirés. »

Je la serre dans mes bras.

« Layla, je voudrais que tu me montres ce que t'as filmé à Prague.

— Quoi ?

— Tu te souviens, j'ai été malade toute la semaine, j'ai à peine mis le nez dehors. Et toi t'as visité la ville seule. Et en rentrant on s'est disputées et on s'est pas adressé la parole pendant une semaine. Du coup je...

— J'ai rien filmé à Prague. »

L'expression de son visage a changé. Ses yeux se durcissent puis s'embrument, elle m'attrape une mèche de cheveux, la glisse derrière mon oreille.

« Il faudra la repercer celle-là », me lance-t-elle en me tirant le lobe.

Je souris.

« Pourquoi ? Tu m'avais dit que t'avais filmé pourtant.

— Que dalle. J'ai pas voulu t'avouer que j'ai passé mon temps à errer, sans rien voir de ce qu'il y avait autour de moi. Je n'ai pas arrêté de penser à toi, d'essayer d'imaginer notre vie si tu devenais femme. »

Je ne sais quoi répondre. Je pose mon front sur le sien, et murmure : « On a besoin de dormir un peu, je crois. »

Elle me prend la main et m'emmène dans sa chambre. Dans l'obscurité, elle enlève tous ses vêtements avant de se glisser sous les draps. Je fais de même et la rejoins. Je lui tourne le dos et me place tout au bord du lit.

« Rapproche-toi un peu, tu vas tomber. »

Je m'exécute timidement. Ses mains me parcourent. Je la laisse faire. Ce n'est sûrement pas du désir, ses doigts sont trop sages. Ces gestes, c'est son besoin de savoir, de connaître ce corps transformé. Elle fait le tour de mes seins et descend vers ma toison. J'écarte légèrement les cuisses. Sa main s'y pose et s'endort. Je sens ses membres s'alourdir. Elle tressaille, signe d'un cauchemar qui l'a déjà piégée. Je ferme les yeux à mon tour, prise d'un étrange vertige, mélange de réminiscences, d'excitation et de douleurs. Je lutte, je ne dois pas me laisser attraper par le sommeil. J'attends que Layla dorme profondément pour me détacher de son étreinte. Je reste assise sur le lit un moment. Mes entailles me font moins mal. Mais elles piquent toutes, comme une constellation de petits diables accrochée à ma peau. Je pense à ce que contient le sac de l'inconnu. Cet écrasant coup de pouce du destin.

Et si j'utilisais l'argent pour recommencer ma vie ici ? Rester cloîtrée dans cet appartement, à l'abri du monde. Layla et moi n'aurions plus besoin de travailler. C'est pas ce que j'ai toujours voulu, rester ici, coûte que coûte ?

Je ferme les yeux et me rejoue le film de mon trajet jusque chez Layla. La mort qui rôde, partout. Mon visage enregistré par les capteurs. Puis je revois cette photo de ma sœur sur la plage d'Essaouira, qu'elle m'avait envoyée peu de temps avant que je me fasse arrêter. Elle y adoptait une pose sexy, tout sourire. Le sourire de ceux qui n'ont plus peur de crever demain. Tout ça semble trop beau pour être vrai. Comment je pourrais embarquer, de toute façon, sans papiers ?

Je fuis mes angoisses pour venir me raccrocher à la nuit. Je m'approche délicatement de Layla pour sentir l'odeur de sa peau endormie. Mon front touche son épaule, mes doigts hésitent et se retirent au dernier moment. Je me lève, déambule dans l'appartement.

À mon tour d'inspecter les changements.

Ma main glisse sur la vieille commode en essayant de me rappeler où elle était disposée il y a dix ans. Je pousse la porte de la petite chambre, qui m'a servi de bureau pendant les deux années où j'ai habité ici. La pièce est devenue une espèce de débarras où s'entassent les disques durs et les cartons. Je jette un coup d'œil dans l'un d'eux. Les affaires d'un homme. Elles semblent attendre patiemment d'être renvoyées vers une vie nouvelle.

Soudain, une ombre bondit devant moi. Je sursaute avant de me rendre compte que ce n'est qu'un chat. J'expire doucement, la main sur mon plexus solaire. L'animal et moi, on se transperce du regard.

« Tolstoï ? »

Le chat émet un léger miaulement que je considère comme un oui. Ce petit chaton que j'avais ramené quelques semaines avant notre séparation est à présent un énorme matou. Je passe ma main dans son pelage.

« Mais à quoi elle te nourrit, ta maîtresse ? »

Comme vexé, il dévale brusquement la montagne de boîtes et atterrit sur un carton plus abîmé que les autres. Il y reste et me fixe, comme s'il voulait attirer mon attention sur son contenu. Je le pousse et ouvre les battants. Des cahiers et carnets en pagaille. Je plonge ma main à l'intérieur et en ressors un que je reconnais.

Prague ? Je m'empresse de l'ouvrir : oui, c'est bien ça, notre récit de voyage commun. Je m'assois par terre et le feuillette. On avait écrit chacune à notre tour. Des phrases émerveillées côtoient des tickets de métro et de musées jaunis scotchés à la va-vite. Des photomatons où on a l'air folles. On était si jeunes, tout nous appartenait. Y compris la certitude. Je tombe sur un passage où Layla me décrit en train de dormir.

Je ne sais pas ce que tu as chopé cette nuit, mais c'est violent. Le lit est trempé, ton corps ruisselle. Si ça se trouve, on va devoir rentrer en urgence. Ou rester ici encore quelque temps. Pourquoi pas ? On pourrait prolonger nos vacances ici et ne pas aller chez tes parents. Tu es si beau quand tu dors. Est-ce que tu seras aussi belle si tu deviens une femme ?

J'ai l'impression qu'elle parle de quelqu'un d'autre. L'auteure de ces lignes a été la dernière à pouvoir écrire sur moi ainsi. Comme chaque fois que des souvenirs de ces années charnières me reviennent, je vois des précipices, des sauts de l'ange. Je serre le carnet entre mes mains. Face à moi, les étagères où Layla range ses caméras. Mon regard s'attarde et s'arrête sur l'une d'elles. Des frissons parcourent ma peau. Je me saisis de la vieille Canon, celle avec laquelle on a fait notre série de films sur les gares. Par réflexe j'appuie sur le bouton « on » et, contre toute attente, elle s'allume. Je déniche une carte mémoire et l'insère dans la caméra. Je retourne au salon, prépare un cadre, m'assois sur le canapé, inspire un grand coup et me lance, en fixant l'objectif comme si c'étaient les yeux de Layla. Je commence par lui parler de Prague, mais je me ravise. Ma vie depuis trois ans. La disparition de Paolo, Maylis, les interdictions progressives, la vague d'épuration menée par la France Brillante, la clinique qui vend les données des clients, la traque, les planques. L'arrestation. L'enfer du camp, en détail. La chaleur insoutenable dans les baraquements, le manque d'eau et de nourriture, les viols, les suicides, les exécutions.

Exténuée, je dépose la caméra devant l'ordinateur. Je vais boire de l'eau dans la cuisine, ouvre grand la fenêtre. Une vague brûlante vient couvrir ma peau. Le mistral est tombé, laissant place à une brise plus chaude. Le nord de la ville s'étend. Un jour d'hiver, on a observé toutes les deux avec effroi la tour CGM flamber puis s'écrouler dans la mer. Ce spectacle morbide a duré des heures. Je me demande dans quel état sera ce paysage urbain après la guerre. Le reverrai-je seulement, si je pars ? Je reviendrai peut-être un jour et je croiserai Layla dans la rue, elle aura un enfant à chaque main et de la sidération plein les yeux. Elle m'avouera qu'elle pensait que j'étais morte. Peut-être que d'ici lundi elle me croira morte. Mon regard dévie et atterrit sur les gros bateaux accostés au port. Des navires de l'armée côtoient des porte-conteneurs et des paquebots.

Un cri déchirant. Je me précipite dans la chambre : Layla est assise sur le lit, haletante. Je la prends dans mes bras, elle est encore raidie par le cauchemar. Sous mes caresses, son dos se détend un peu, mais ses yeux restent figés dans une expression de terreur. Ils finissent par libérer des pleurs, qui deviennent sanglots. Nos bras se mêlent, les larmes me viennent aussi et on s'accroche l'une à l'autre comme à un dernier récif. Je commence à bredouiller quelques mots sur mon hasardeux projet de départ mais, comme si elle ne m'entendait pas, elle me coupe la parole : « Tu te souviens quand t'es venu me parler à la gare de La Ciotat ?

— Bien sûr, pourquoi tu me demandes ça ? »

Elle hausse les épaules en souriant, renifle un grand coup. Ses caresses ralentissent, son souffle se régule. Ça m'apaise de la voir se laisser aller dans le sommeil. Je garde le silence, protège sa nuit.

Le temps presse. Je vais tenter ma chance, on verra si le destin m'autorise à partir. J'ai envie de me précipiter sur les lèvres de Layla, et de lui promettre de lui écrire tous les jours, d'essayer à tout prix de la faire venir. Mais je ne fais rien. J'arrive à peine à prononcer un « ciao » étouffé. Je sors de la chambre sans me retourner. J'ouvre le dressing et choisis rapidement un jean. J'attrape le sac à dos. Tolstoï me suit dans la cuisine. Je reste bien cinq minutes assise sur le carrelage à faire des câlins au matou. Comme accrochée au sol. Je baisse les yeux vers la tête du chat et tombe sur son regard interrogateur. Une ultime caresse, pour la route.

Cinq heures quatre. Le couvre-feu est levé. Devant la grille, une patrouille de flics discute autour de la flaque de sang. J'accélère le pas. Deux citadins me dépassent à vélo. Je jette un dernier coup d'œil à la fenêtre de Layla. Je repense aux paroles rassurantes et mensongères que j'ai prononcées à la fin de l'enregistrement vidéo. *M'installer chez ma cousine à l'Estaque* (...) *t'inquiète pas* (...) *je viens te voir très vite.*

Une voiture blindée tourne au coin de la rue. Un militaire me fixe derrière ses lunettes noires. Je dois juste avoir l'air normale et tout se passera bien. Une citoyenne ordinaire qui se rend au travail. Le moindre contrôle et c'est terminé. Plus de papiers d'identité, mon visage enregistré dans leur base de données. Mon cœur s'emballe sous mon allure faussement calme. Le périmètre du bar clandestin est toujours bouclé. Je dois faire un détour, je presse le pas.

Mes doigts tambourinent contre la carrosserie abîmée. La portière s'entrouvre, une main me fait signe, je grimpe à l'intérieur. Celui qui m'a fait entrer me regarde avec suspicion. Il m'interroge en pointant négligemment son pistolet vers moi.

« T'es qui ? C'est pas toi qui es venue me verser l'acompte.

— J'ai pris sa place.

— Ça marche pas comme ça.

— J'ai l'argent. Et le flingue à l'intérieur, je vous en fais cadeau. »

Je lui donne le sac. Il compte tandis que son acolyte vérifie l'arme.

« Par contre j'ai perdu mes papiers... »

Ils me fixent en souriant bêtement avant de reprendre leur vérification. Celui qui a compté l'argent secoue le sac. Sous la violence de son geste, une petite cache habilement cousue se déchire à l'intérieur et libère son contenu. Le passeur y jette un rapide coup d'œil avant de me tendre ce qui s'avère être des partitions de musique.

Plus rien ne m'étonne à ce stade. Je les plie et les range dans la poche arrière de mon jean.

Je regarde autour de moi. Un couple câline un enfant. Deux hommes, la trentaine, qui ont l'air d'être frères, et une femme d'un âge avancé. Elle a fait un effort pour s'habiller négligemment, mais je sens bien que, derrière tout ça, elle est riche. Sa belle peau.

Les deux passeurs s'engueulent à mon sujet. Le plus âgé coupe court à la dispute. Il se lève pour aller cogner contre la cloison qui nous sépare du conducteur.

Le véhicule démarre et roule à peine quelques minutes. La camionnette freine brusquement, on nous pousse dehors. Un ancien garage. Sur le côté, un jeune ouvre une trappe. On s'engouffre sous terre. L'enfant prend peur. On nous fait descendre dans une grande salle nauséabonde, où d'autres migrants s'entassent déjà. Les parois luisent, suintent. Une ancienne cuve d'essence. Ça se bouscule, ça s'impatiente, ça parle plusieurs langues, la panique gagne un groupe de femmes derrière moi. Est-ce qu'ils vont tous nous faire cramer là-dedans ? J'aurais dû rester chez Layla. Peut-être qu'au fil des jours et des semaines, on serait parvenues à... je sais pas, à s'inventer une vie qui nous répare... Un des passeurs nous ordonne de nous tenir prêts. On nous masse vers le fond, où une porte vient de coulisser sur un nouveau néant.

Un long tunnel. Des plaintes et des chutes dans le noir étroit. Je pense très fort à Paolo. Un vieillard s'écroule en entraînant deux personnes avec lui mais on nous somme d'avancer plus vite. Le gouffre se termine enfin. Les premières lueurs du jour éclairent le quai du port. On passe à proximité d'un cargo qui se vide de sa marchandise. On nous sépare en petits groupes sur le quai. Un homme et une femme se tiennent la main en face de moi. Les deux gars qui ont l'air d'être frères font aussi partie du groupe. L'un d'eux me demande si je n'aurais pas une cigarette. L'autre brise la glace et se présente. En quelques secondes, l'atmosphère se détend, les paroles aimables et rassurantes fusent dans un mauvais anglais. Une bouteille de vodka apparaît. Les frères en boivent chacun une lampée, puis elle arrive entre mes mains. Ça brûle la gorge, mais ça fait du bien. Le couple s'est endormi par terre. L'alcool continue à circuler. Les rayons du soleil se fraient un passage à travers les plaques de tôle, nos visages épuisés n'ont plus de secrets. L'un des frères aperçoit les partitions émergeant de ma poche. Curieux, il demande à les voir. Je les lui tends. Il commence à déchiffrer les notes à voix haute puis se met à chantonner. Pour l'accompagner, son frère tambourine doucement sur la caisse en bois sur laquelle il est assis. On se sourit. Ils ont tous deux cette belle nonchalance des galériens qui savent profiter des petits moments de répit.

« Good music ! Very good ! Where you find this ? »

Je lève négligemment les mains au ciel en guise de réponse. Il me rend les feuillets, mais j'insiste pour qu'il les garde en échange du reste de leur bouteille de vodka.

« Moi aussi, j'avais un frère. »

Je leur ai lancé ça en français, en murmurant, je crois. Ils ne m'ont pas entendue, j'avale une grande rasade d'alcool.

Le jour s'active dans le tumulte des grues qui agrippent les conteneurs. Les deux frères continuent à éplucher les partitions et à chantonner. Quant à moi je profite de cette soudaine intimité pour convoquer le visage de

Layla. Je suis de nouveau seule avec elle. Et un peu ivre. Je m'assois par terre, mes genoux contre mes narines. J'inspire en souriant. Avec ce jean, j'emmène l'odeur de mon premier amour. Je sors de ma poche le carnet de Prague. Je l'ouvre au hasard. Son écriture.

T'es allé acheter des cigarettes au bout de la rue. Ça fait du bien de te voir aller mieux. J'ai envie de t'écrire des choses folles, de décrire ton sexe qui se durcit sous mes doigts, de te promettre l'impossible, de dessiner tes mains. Tu n'es pas bien loin, et pourtant tu me manques. Tu vas le faire bientôt, pour de bon, je le sais. Je t'accompagnerai, je ferai tout pour.

Tandis que le mistral se réveille, j'essaie de me souvenir de ce moment où je suis allée acheter des clopes. Je colle le carnet ouvert en deux contre mon visage. Un petit espace d'air se crée entre mes lèvres et les feuilles. Une grotte minuscule. Mes mains tremblent, ma bouche frémit au contact du papier. Le cargo émet un râle métallique, on nous hurle de nous dépêcher. Les frères et le couple rassemblent leurs affaires. C'est notre tour. Je ne fais pas attention à eux. On me secoue l'épaule, on me presse, mais je n'entends pas. Juste le son de mes compagnons de route qui descendent l'escalier en fer. Quant à moi, je reste agrippée à Layla.

Quelque chose craque. Des larmes. Non, pas maintenant. Mes lèvres collées à ces phrases, l'immensité de cette mer devant nous, des cris qui m'appellent, et des bribes de mots silencieux qui commencent à couler en s'accrochant les uns aux autres pour devenir paroles.

Cœur 3

LAYLA

Un morceau de lune traverse les volets et m'appelle. Elle est aussi fine et brillante que celle qui régnait sur Marseille il y a quatre mois, la nuit de l'attentat. Je me souviens l'avoir aperçue, s'arrachant de derrière un nuage, sur le trajet entre le bar et chez moi. Au cœur de cette nuit de tous les extrêmes.

Marseille me semble si loin ce soir. Allongée sur mon lit d'enfant qui ne me contient plus, je m'étire de toutes mes forces. Au loin, j'essaie d'imaginer les ronflements de mon père, les pas de ma mère insomniaque qui serait descendue se faire une tisane. Mais tout n'est que silence dans cette bâtisse orpheline. Le couple de migrants et leur fille, qui occupent l'ancienne chambre de mes parents, doivent dormir profondément. La nuit prochaine, ils essaieront de passer en Catalogne au niveau du col de la Dona Morta.

Je laisse tomber mon bras gauche, mes doigts caressent la poignée de mon sac à dos de collégienne. J'aurais préféré quelque chose de plus robuste, mais je n'ai trouvé que ça. Ma chambre rose, mon lit de petite fille, mon sac d'adolescente. Qu'est-ce qu'il reste de cette gamine sous ma peau aujourd'hui ?

L'horloge affiche vingt-trois heures. Je n'ai pas fermé l'œil depuis que je suis couchée, je ne sais plus dormir la nuit. En travaillant dans ce bar pendant des années, j'ai désappris la vie normale. Est-ce que Tanger, si je réussis à l'atteindre, m'apprendra à redevenir un oiseau de jour qui laisse le monde nocturne aux fêtards et aux étoiles ?

Je jette un coup d'œil à l'écran d'ordinateur. La barre bleue indique que l'export du film est proche de la fin. Je me lève pour vérifier que je n'oublie rien de compromettant dans les tiroirs de mon bureau. Dans l'un d'eux, sous des vieux magazines, je tombe sur une enveloppe. Des polaroids. Des selfies de Sohan et moi, épuisant bêtement la dernière recharge de mon père. Sur l'une des photos, Sohan me vise avec son doigt transformé en arme, mi-cupidon, mi-soldat. Derrière il y a un mot d'amour signé par nous deux. J'arrive à peine à le lire, tant mes yeux sont brouillés de larmes naissantes. Une vague d'air froid se faufile dans la chambre. À moins que ce soit le souvenir de la mort, le sentiment de perte absolue. Il y a autre chose au fond de l'enveloppe. Un petit trésor oublié. J'extirpe les mèches de cheveux entremêlées, les porte à mes lèvres.

Les enceintes émettent un son cristallin et me ramènent à la réalité. J'ouvre mon sac, place ces précieux talismans de fond de tiroir dans l'enveloppe qui contient déjà la lettre d'adieu de Sohan. Les rassurantes loupiotes de ma machine s'allument et donnent le signal. J'ouvre le fichier, passe le film en avance rapide pour vérifier que tout est OK. Je m'arrête instinctivement sur une interview, celle d'Alice, que Stella avait connue au camp. Je lui pose cette question à laquelle tous mes protagonistes ont droit : « Qu'est-ce que vous retenez de plus précieux du monde d'avant 2051, d'avant la guerre, et qui a disparu ? » Elle ne marque aucun temps avant de répondre, ses mots suivent instantanément les miens.

« Mes enfants. »

Les yeux rivés dans le vide, elle se met à me parler de ses deux filles qu'elle a adoptées avant les restrictions imposées aux LGBT par la France Brillante. Elle me raconte leur dernière soirée ensemble. Une partie de Monopoly endiablée. Julie, âgée de huit ans, avait une telle longueur d'avance sur sa sœur Nicole et ses parents qu'elle avait lancé, dans un accès de frénésie : « Le monde m'appartient ! » Nicole avait aussitôt rétorqué, en froissant tous ses billets dans ses mains : « Il m'appartient à moi aussi ! » Le lendemain matin a eu lieu la première rafle infantile, menée par les milices de Nepel. Des dizaines d'enfants *élevés en milieu impur* ont été arrachés à leurs parents. L'image vacille, je me sens trembler derrière la caméra. J'appuie sur la touche « stop ». Un coup de vent fait grincer la fenêtre. Je murmure une promesse à Alice, celle de montrer au plus grand nombre son histoire. Je me demande si ses enfants vont bien, si un jour le monde leur appartiendra.

J'éjecte les deux cartes mémoire de l'ordinateur. Je pianote ensuite un long code secret, mélange des dates de naissance essentielles qui ont peuplé ma vie. Un message me demande si je suis sûre. *Cette action est irréversible.* J'appuie sur la touche, fébrile. L'écran se brouille un instant avant de m'annoncer que toutes les données sont effacées. Je me sens légère tout à coup. Je glisse les cartes mémoire dans une cachette aménagée dans mon soutien-gorge. Je pars seule, mais pas tout à fait : j'emporte avec moi, près de mon cœur, ce film sur lequel je travaille depuis des années, compagnon d'infortune chargé de tant de paroles et de visages. Les empreintes d'un monde qui disparaît. Je caresse l'écran, émue, j'abandonne cette fidèle machine, partenaire de mes fièvres et de mes jours. Je suis prête. J'ouvre la fenêtre et plonge mon regard sur les toits du village. Les tuiles sont recouvertes par une fine couche de neige. Si seulement je pouvais, comme une acrobate, sauter de toit en toit, tout en évitant drones et capteurs, pour atteindre le grand bois que je m'apprête à traverser. Le thermomètre extérieur affiche moins vingt degrés.

J'entrouvre la porte de la chambre voisine. Toute la famille dort profondément dans le même lit, leurs bras sont accrochés les uns aux autres. Je prie furtivement pour leur succès. Que la chance pyrénéenne leur sourie, que la Catalogne les accueille comme il se doit. On s'y retrouvera peut-être, qui sait. J'enfile ma veste, mes gants et mon bonnet. Je cale le sac à dos sur mes épaules, ajuste les sangles. Je reste immobile un instant, me tourne vers mon lit. Tolstoï vient de se coucher sur ma couette. Le regard d'or du matou est posé sur moi, méfiant. Je lui fais un signe de la tête et m'excuse de l'abandonner.

« Si des gens pas sympas se pointent, tu connais toutes les cachettes de cette foutue baraque, hein ? Et tu sais où aller piquer de la nourriture, y a la vieille qui file à bouffer aux chats du cimetière, OK ? »

Je descends par la gouttière et saute dans l'herbe gelée. En cette première nuit de décembre, c'est moi la plus chatte. Pas possible de passer par la porte qui donne sur la rue, le fait que j'accueille des migrants a fini par se savoir dans le petit village et une caméra a été placée face à l'entrée du mas par les autorités. Je repense à la dernière fois que j'ai fait ça, faire le mur comme on dit. Faire le mur pour aller faire l'amour avec Noé qui habitait deux rues plus loin. J'avais quinze ans, c'était juste après le premier gros krach boursier. Parfois, on prenait ce même chemin au beau milieu de la nuit pour s'enfoncer dans la forêt, jusqu'au bord du lac. Je lui faisais un peu peur avec ma grande taille, comme à tous les garçons. Quand je m'étais mise à poil pour me baigner, ça l'avait tétanisé. J'ai dû mener la danse tant de fois avec les hommes. Paraît-il qu'avant, ils étaient plus grands.

Un grincement me fait bondir. Je lève les yeux vers la fenêtre et aperçois l'adolescente qui me regarde.

« Good luck, Layla ! chuchote-t-elle avec son accent écossais à couper au couteau.

— Good luck to you too. Take care. »

La jeune migrante referme la fenêtre. Je reste immobile un instant, habitée par un drôle de sentiment, celui d'avoir parlé avec l'adolescente que j'ai été.

J'entre dans la cabane à outils et ouvre la cachette où mon père gardait ses fusils. Elle est vide. Un « merde » s'échappe de mes lèvres, j'avais pourtant vérifié il y a deux jours. La panique me gagne. Ils me surveillent, ils sont venus ici, ils m'attendent à la sortie du village. Ou bien des migrants me les ont piqués. Si c'est le cas, j'espère qu'au moins ils en ont fait bon usage. Mes yeux cherchent quelque chose qui pourrait me servir d'arme, j'attrape un poignard de chasse accroché au mur. Je le relâche aussitôt, comme s'il brûlait. Je viens de revoir la lame d'un des terroristes trancher la gorge d'un client. Je ne pourrai jamais me débarrasser de ces images, je devrai vivre avec. Je gobe deux pilules contre le froid. Dans la boîte, il me reste quelques comprimés d'anxiolytiques. J'hésite, j'en prends un. Je jette les autres au sol et les écrase avec ma botte, en repensant à tous ceux que j'ai pu engloutir à Marseille pour apaiser ma tempête intérieure. Je disperse méthodiquement la poussière blanche, symbole de ces jours sombres qui ont suivi la prise d'otages de la Cale.

Vivre à Marseille m'était devenu insupportable depuis cette nuit. Je ne pouvais plus y respirer. J'avais vu trop de sang, d'amis terrifiés, de peaux trouées, de regards hurlants qui tentent de retenir la vie. Et la présence de ceux que j'avais aimés, qui hantaient chaque coin de rue. Je ne pouvais pas faire cent mètres sans passer devant un café, un banc ou une fenêtre brisée qui me faisaient penser à Sohan ou à Stella. Je n'arrêtais pas de me dire : *un attentat, une bombe, ils vont y passer eux aussi.* Et chaque fois je ressentais cet immense vide dans mon ventre, là où ils avaient chacun construit leur royaume éphémère. Je me voyais tomber dans ce néant. Quant à mon appartement, j'étais persuadée d'avoir trouvé le moyen d'en chasser les fantômes, grâce à tous les protagonistes de mon film qui emplissaient l'espace de leurs voix. Mais même ça, ça ne marchait plus. Je devais quitter cette ville, coûte que coûte.

La fine couche de glace qui recouvre l'asphalte craque sous mes pieds. Je longe les murs d'Oms pour la dernière fois. Cette chère bourgade au pied des Pyrénées, terre natale de mon père, où on revenait tous les étés.

Emmitouflée dans mon manteau, je grelotte, j'attends impatiemment que la pilule contre le froid fasse son effet. Des volets se ferment sur mon passage. Un voisin qui me dénoncerait, ce serait une possibilité. Ils avaient été plusieurs à alerter les autorités après mon arrivée, ils trouvaient ça louche, une jeune femme seule qui débarquait. Deux militaires étaient venus à la maison, ils étaient repartis bredouilles : le contenu compromettant de mon ordinateur était bien dissimulé et j'avais pris soin de cacher les lettres qui témoignaient de ma fuite. Mais j'étais sous surveillance depuis. Et partir de nuit, en plein couvre-feu, n'arrangerait pas ma situation…

J'arrive devant l'épicerie du village. Je tape doucement contre le rideau métallique. Quelques secondes plus tard, il se soulève. Nassim me prend par l'épaule et me conduit dans l'arrière-boutique en silence. Il retourne vérifier que la rue est vide. Nassim doit approcher les soixante-quinze ans mais en paraît dix de moins. La guerre ne semble pas avoir atteint sa peau. Il sourit toujours, quelles que soient les circonstances. Il sait que cette nuit je vais risquer ma vie, mais son visage n'exprime rien d'autre que la sérénité. Pendant qu'il prépare du thé, je me colle au poêle et observe cette caverne d'Ali Baba que je fréquente depuis l'enfance. Face aux rayonnages regorgeant de boîtes de conserve multicolores et d'épices, un mur entier rempli de cartons sur lesquels sont écrits *célibataire, couple, famille avec un enfant,* etc. Les denrées rationnées, échangeables contre des tickets distribués par les autorités. Dans chaque carton, de l'huile, des féculents, de quoi survivre. Moi, ça fait un mois que je n'y ai plus droit. Depuis que les flics du coin ont appris que j'ai accueilli une famille de migrants. Mais Nassim a été arrangeant et m'a dépannée. Au-dessus des cartons, la télé diffuse des images de marée humaine. Intriguée, je m'approche. Je reconnais le Vieux-Port.

« Ça bouge, chez toi, à Marseille ! me lance Nassim.

— C'était aujourd'hui ?

— Oui. Ils sont des dizaines de milliers à avoir bravé l'interdiction de manifester. Beaucoup sont là depuis deux jours. »

Dès que je suis arrivée ici, je me suis coupée du monde. Ni radio, ni télé. Moi toute seule avec mon chat, mon film et mes souvenirs. C'était en venant chez Nassim que je récupérais des nouvelles du dehors. Et parfois aussi en parlant avec les migrants que j'hébergeais. Voir ces milliers de Marseillais déferler sur la Canebière me met du baume au cœur. Et si c'était le début de la fin pour Erca ? L'amorce d'une victoire pour les camarades de Sohan ?

« Si l'armée les rejoint, c'est gagné », affirme Nassim en ouvrant un tiroir.

Il me tend un petit paquet.

« Voilà ce que je voudrais que tu donnes à ma sœur quand tu iras la voir à Agadir. Son adresse c'est...

— 5 rue Argana, je l'ai apprise par cœur, Nassim. Ne t'inquiète pas. »

Il me prend les mains. Les siennes sont si chaudes, ça fait du bien. Je me demande ce qu'il peut envoyer à sa famille, lui qui n'a rien. Il murmure quelque chose en arabe avant d'attraper mon regard.

« Tu verras, c'est une belle maison, c'est là où je suis né. »

J'acquiesce, masquant mal mon émotion. Je voudrais l'emmener avec moi. Mais Nassim fait partie de ceux qui ne fuiront pas, quelles que soient les circonstances. Je le quitte en lui disant qu'il peut aller récupérer ce qu'il souhaite dans la maison.

Je fais un détour pour éviter la place principale, je me fonds dans les ruelles, j'ai répété ce trajet tant de fois en plein jour ces derniers temps que je pourrais le faire les yeux fermés. Mais mon assurance s'effondre lorsqu'une petite lumière rouge apparaît en haut d'un escalier. Je ralentis le pas et guette le visage derrière la cigarette. Rebecca. Je ne l'avais pas vue depuis mon retour au village.

« Layla ! Ça alors, ça fait un bail. Qu'est-ce que tu fous dehors en pleine nuit ? Tu t'évades !? »

Je ris, masque ma gêne et prépare mon alibi.

« Ouais, je pars aux Caraïbes, mon jet m'attend... »

Elle pouffe de rire et me propose une clope. Je tire une première taffe et poursuis.

« Je cherche mon chat. Il traîne souvent vers le cimetière, y a la vieille Chainal qui vient filer de la bouffe aux chats errants le soir.

— Pff, elle est toujours aussi tarée celle-là, déjà qu'on n'a pas assez à grailler, si en plus il faut gaver les chats... Et tu pars le récupérer avec ton sac à dos ?

— Ben ouais, c'est rempli de croquettes ! Je dois t'avouer que j'aime bien nourrir cette horde moi aussi... »

Le silence retombe. Je déglutis, mon grossier mensonge semble être passé.

« T'as des nouvelles de Noé ? me demande-t-elle.

— Non mais c'est drôle, je pensais à lui tout à l'heure...

— Tu savais qu'il s'était engagé avec la France Brillante à Marseille ? Paraît qu'il travaille au camp des...

— Non, je savais pas. »

Je frissonne de dégoût, mais ne laisse rien transparaître.

« T'étais restée combien de temps avec lui ? »

Je grimace, surprise par la question.

« Ben quoi, Layla ! C'est loin maintenant, on peut en parler.

— Deux étés… Celui avant la seconde et celui avant la première… enfin, juste la moitié de cet été-là, puisque après tu me l'as piqué. »

Elle se tape la cuisse en riant. Tout ça devient grotesque. Un courant d'air glacial s'engouffre dans l'escalier.

« Pour Noé, j'ai su grâce à mon mec. Il vit à Perpignan, il s'est engagé avec la France Brillante lui aussi. Tu verrais l'appart de fonction qu'ils lui ont filé, une merveille. J'attends qu'une chose, qu'il me demande d'aller m'installer avec lui. Je peux te dire que je me ferai pas prier, quitter ce trou pour être là-bas… Il a même un chauffeur, tu sais… »

Je fais mine d'être impressionnée, tout en grinçant des dents.

« Allez, Layla, je remonte, bonne chance avec ton chat. Et passe me voir pour l'apéro un de ces jours, on trinquera au bon vieux temps. »

Elle disparaît derrière la porte cochère. Qu'est-ce qui me dit qu'elle ne va pas me dénoncer pour obtenir des tickets de rationnement supplémentaires ?

Je balaie mes peurs, dernières marches, je n'ai pas le choix, c'est ce soir ou jamais, je trace, à droite, deux fois, la dernière rue puis l'ultime lampadaire, à moi l'obscurité. Des crampes me vrillent le ventre, je m'arrête et me plie en deux. Les effets secondaires des pilules chauffantes. Je poursuis ma route, les nuages se referment sur le ciel, le bitume fait place à la terre. Je me concentre sur ma respiration, repousse les angoisses carnassières. Je sens une première pointe de chaleur dans mon estomac, elle se propage, j'imagine que c'est du miel chaud qui dégouline autour de mes organes, mon plexus solaire s'élargit. J'y pose ma main. C'est l'été là-dedans.

Une semaine après le drame de la Cale, je me suis réveillée avec mon projet de départ en tête. Un songe m'avait donné la possible clé de ma fuite. Je venais de rêver de Sohan, d'une de nos balades où l'on s'était fait contrôler à l'improviste. Nos pas s'étaient cognés contre deux militaires qui patrouillaient. Ils nous ont demandé nos papiers et le plus jeune a froncé les sourcils en matant ma carte. L'instant suivant, je l'ai reconnu.

« Simon Péléchian, j'y crois pas. École primaire Étienne-Milan. »

Le jeune soldat a acquiescé, sous l'œil jaloux de Sohan. Il m'avait remise dès le moment où ses yeux étaient tombés sur ma carte d'identité, mais il n'avait pas osé bavarder avec des citoyens en infraction devant son supérieur. Il s'est finalement laissé emporter par ces retrouvailles et m'a demandé ce que je devenais. J'ai senti Sohan bouillir. Sa main broyait la mienne. Cette saynète est arrivée à son terme quand le gradé a rembarré Simon et nous a sommés de faire demi-tour. J'ai caché à Sohan que ce gars avait été mon premier amoureux. En CE1, on était *le* couple de la cour de récré. Une fois que les soldats se sont éloignés, Sohan m'a prise maladroitement dans ses bras, comme si j'allais m'envoler.

Je me suis réveillée pleine d'énergie. C'était bon de pouvoir convoquer un souvenir autre que cette nuit de sang... J'ai sorti mes pompes d'arpenteuse et j'ai sillonné toutes les zones auxquelles j'avais accès, persuadée que ce Simon Péléchian pourrait m'aider à partir d'ici. De commissariats en postes militaires, je me suis fait rembarrer de partout. Flics, soldats, hommes ou femmes, tous avaient appris à se méfier des civils. La rébellion leur menait la vie dure, et chaque citoyen qui s'avançait vers eux était une menace potentielle. Les premiers jours ont été décourageants, mais la chance a fini par me sourire, en la personne d'un jeune soldat serviable et bavard qui connaissait bien Simon. Il m'a indiqué sa base militaire. Mais l'endroit était tellement sécurisé que même les lèvres des gardes étaient barricadées. Je me suis postée dans le bar d'en face et j'ai attendu. Dans ce café du haut de la Canebière, j'ai passé deux semaines entourée par des aspirants au départ qui consacraient leur temps à se refiler des plans aussi foireux les uns que les autres. Mais chaque nouvelle combine provoquait toujours la même effervescence. Sauf chez un petit groupe de piliers de comptoir qui avaient définitivement abandonné le projet de migrer et qui vivaient tranquillement au jour le jour, les mains agrippées à leur verre de Ricard, en marmonnant « ça marchera jamais leur truc ». Au bout de quelques jours, tout le monde me connaissait. J'ai commencé à sortir ma caméra et à filmer les habitués. Certains étaient heureux de trouver une tribune où exposer leurs idées, d'autres étaient gênés de dévoiler ainsi leur désarroi et leur impuissance. Quand le bar fermait, je rentrais chez moi et m'attelais au montage de mon film, que j'avais décidé de reprendre.

Un matin, une femme au regard perçant mais épuisé est venue s'asseoir près de moi au comptoir. J'ai remarqué qu'elle portait un badge de l'armée. Elle venait de demander un verre d'eau, je lui ai offert un café. On a sympathisé, elle m'a appris qu'elle travaillait comme femme de ménage à la base militaire. Elle m'a aidée à faire passer un mot à Simon Péléchian. Trois jours plus tard, il a débarqué au bar. Je l'ai aperçu à travers la baie vitrée en train de terminer sa cigarette. Je l'ai observé un instant, en mesurant bien le risque que j'allais prendre : son uniforme fraîchement repassé était bardé de quelques médailles et du nouveau drapeau français : au milieu de la partie blanche, un poing levé. J'ai serré le mien et inspiré un grand coup avant de taper à la vitre. Il était très heureux de me revoir. Il m'a aussitôt invitée à dîner dans un restaurant chic du cours Julien.

En attendant les plats, je l'ai écouté me déblatérer ses souvenirs de l'école primaire. Mon regard s'est attardé sur son visage lisse et joufflu qui n'avait pas tout à fait quitté l'enfance. Ses cheveux rasés de près, deux petites cicatrices et des épaules bien carrées rappelaient tout de même sa fonction dans la société. Dès le début du repas, j'ai senti les emmerdes pointer leur nez, mais mes réflexes de serveuse ultra draguée sont revenus. Je lui ai tenu tête, j'ai résisté à ses avances avec fermeté et douceur. Et je me suis mise à avoir des pensées bizarres. Comme si j'avais trouvé un moyen de me venger de Sohan. Je n'avais plus aucune nouvelle depuis le jour où il m'avait quittée. Je ne parvenais pas à digérer l'idée qu'il m'ait larguée « pour notre bien ». J'aurais adoré qu'il passe devant le restaurant et qu'il voie que je fricotais avec un militaire.

La soirée s'est poursuivie et c'est devenu insoutenable. Simon s'est mis à me parler de son boulot. Les descentes chez les rebelles, les tortures, les exécutions. Pourtant, j'ai accepté son invitation à monter chez lui prendre un dernier verre. Il me fallait ce laissez-passer. Je l'ai laissé m'embrasser, juste une fois. Après, je me suis levée et me suis mise à marcher autour du canapé en déblatérant. Le fait d'être grande m'a très tôt donné une forme de pouvoir sur les hommes assis.

« J'ai besoin de quitter la ville et d'aller chez mon père, près de Perpignan. »

Il était trop bourré, il n'arrivait pas à se lever. Je continuais à déambuler dans le salon, semblant m'intéresser à ses babioles et affiches de films d'action. Il s'est remis à évoquer notre enfance : les caractères de nos maîtresses, les bisous volés, les parties de foot où les garçons venaient me chercher pour être leur goal. Le monde sans guerre. J'ai commencé à me sentir mal, j'ai cru que c'était l'alcool. Je me souviens lui avoir dit que je devais rentrer et, juste avant de tomber dans les pommes, j'ai compris en voyant le dépôt au fond de mon verre. Il m'avait droguée.

Je me suis réveillée le lendemain matin seule dans son lit. À peine ai-je ouvert les yeux que j'ai ressenti une douleur insoutenable dans le bas-ventre, comme si on m'y enfonçait mille aiguilles. Je me suis assise avec difficulté, j'ai enroulé le dessus-de-lit autour de mon corps nu. Je suis restée pétrifiée ainsi quelques minutes, comme coincée sur un radeau de fortune, le souffle haché, avant de me précipiter dans la salle de bains. J'ai gerbé pendant une heure. Mes larmes se mélangeaient au vomi. J'ai envisagé d'attendre son retour un couteau de cuisine à la main, de le planter dans son bide en le regardant droit dans les yeux. Mais au lieu de ça, j'ai fui. Chez moi, j'ai découvert dans la poche de mon pantalon un mot de cette ordure, atrocement doux, où il me disait qu'il avait été heureux de me revoir, qu'il était désolé que j'aie été malade et qu'un laissez-passer serait prêt demain. J'ai hurlé de toutes mes forces. Je suis restée un temps infini sous la douche, j'ai frotté ma peau avec rage, comme pour la faire disparaître.

Je m'arrête pour cracher. La haine remonte le long de mon estomac, je m'en veux tellement de ne pas m'être vengée. J'aurais dû prendre contact avec les camarades de Sohan pour qu'ils butent ce salaud. Je m'appuie contre un arbre, avant de le serrer très fort pour me calmer. C'est Stella qui m'a appris à faire ça. Je colle mon oreille contre l'écorce, tente de percevoir le son de la sève qui circule. Le vieux chêne semble me comprendre, la tension baisse, mais le froid me rattrape et me pousse à reprendre la route. Je me retourne, les dernières lumières du village s'estompent. Au loin, le sommet enneigé du Canigou tutoie le ciel. J'atteins le cimetière, escalade le muret. Je zigzague entre les tombes. Je reconnais facilement les récentes, qui brillent un peu plus fort que les autres. Elles débordent de partout avec leur blancheur bon marché, jusqu'à manger les allées. Devant la tombe de ma mère, je murmure un « bonsoir » gêné. Je m'assois, arrange un peu les fleurs gelées, histoire de retarder ma confession. Je lui raconte des banalités. Cet automne qui est déjà un hiver, les migrants qui viennent de toute l'Europe et qui dorment dans son lit, les voisins curieux, les doux rayons du matin qui envahissent la cuisine. Je caresse de mes mains gantées la stèle au rythme de mes paroles. Mon index s'attarde sur les inscriptions, suit le contour des lettres de son prénom, de son nom, de ses dates. Je me lance. Pour la première fois, je parle de ce viol à voix haute, cherchant une forme de réconfort. Les larmes accompagnent mon récit, les mots recouvrent la pierre. Je libère une partie de ce poids trop lourd. Je partage à présent avec ma mère la douleur irréparable de l'humiliation.

Je pleure encore quand je me mets à creuser juste derrière la tombe, au pied de la croix. La lame bute sur un petit coffret. J'en sors une boîte de graisse étoilée. Je me badigeonne des pieds à la tête. L'odeur m'évoque la nuit où Stella est venue chez moi. Elle sentait pareil. Le parfum des invisibles. Je tire de mon soutien-gorge une des deux cartes mémoire, qui contient une copie du film. Je la place dans une pochette sécurisée et la dépose à l'intérieur du coffret. J'enterre ce dernier au fond du trou en murmurant une minuscule prière. Dans la lettre que j'ai transmise à ceux qui m'ont aidée à organiser ma fuite, je leur demande de venir ici s'il m'arrivait quelque chose. Et d'emporter ce film plus loin que moi.

La mousse gelée crépite sous mes pieds. Je connais bien ce bois, mais je ne l'ai jamais traversé par une nuit si hostile. Une neige fine se met à tomber. Manquait plus que ça. Elle se fraie aisément un chemin jusqu'à ma peau. Je quitte la route forestière, je reste attentive à ma direction : ce raccourci me fera gagner du temps. Les chênes imposants me guident. Avec une lampe de poche, ça aurait été plus simple, mais j'aurais été trop repérable. Je repense à mes frayeurs de petite fille lorsque avec Macha on devait passer en bordure du bois. On échafaudait des histoires horribles qu'on s'envoyait à la figure. Il nous arrivait parfois de faire un immense détour pour rentrer chez nous en évitant la forêt, si jamais une histoire que nous venions d'inventer nous faisait trop peur... Macha. Ses beaux cheveux blonds trempés par son propre sang. C'est ainsi que je l'ai imaginée le soir où l'on m'a annoncé sa mort. Elle et Sylvain avaient voulu atteindre la frontière catalane à pied, comme tant d'autres, victimes des marchands d'exil puis des douaniers français. Ces derniers avaient l'ordre de tirer sur les migrants, sans sommation. J'ai appris la nouvelle en arrivant à Oms. À Marseille, on n'avait pas idée de ce qui se passait ici.

Je m'attends à ce qu'un soldat m'interpelle d'une minute à l'autre. Le sol se ramollit, il tente d'avaler chacun de mes pas. J'essaie malgré tout d'accélérer le rythme. Ce plan de fuite dans lequel je plonge à corps perdu a pu s'ébruiter. Il paraissait moins dangereux que celui qui consistait à passer en Catalogne à pied, mais une partie de moi a toujours eu du mal à y croire. Pour me calmer, je repense à cette fois où Sohan est venu passer des vacances au village. On savait qu'on vivait les dernières semaines avant le durcissement des frontières entre les régions. C'était peut-être notre ultime chance de venir. Il était terrorisé à l'idée de rencontrer mes parents. Les arbres me surprennent à rire. Si je pouvais retrouver cet orme au pied duquel on a fait l'amour, je lui dirais au revoir. Je continue à descendre vers la vallée. Je glisse, me retiens comme je peux aux branches.

Deux jours après cette nuit de cauchemar avec Péléchian, un soldat est venu frapper à ma porte pour me dire où retirer mon laissez-passer. J'y croyais à peine, je me suis précipitée à l'abbaye Saint-Victor, un des derniers joyaux marseillais encore debout, transformé en caserne. La fraîcheur du lieu était agréable. Un vieux militaire, je n'en avais jamais vu d'aussi vieux, m'a tendu le sésame. Je tremblais. Je n'ai pas pu l'accepter. Le type me l'a jeté au visage. Le papier est tombé par terre, et dans l'instant qui a suivi une femme en guenilles a bondi pour le prendre. Un soldat s'est interposé et l'a repoussée à coups de pied. Avant d'enfoncer le laissez-passer dans la poche de ma veste. Je me suis approchée de la dame qui se tenait le ventre en gémissant. Elle m'a fait penser à ma mère. Je l'ai serrée contre moi jusqu'à ce qu'elle trouve la force de se relever.

J'ai aussitôt utilisé le laissez-passer pour me rendre dans la zone où Sohan habitait. Ça m'a fait un choc de franchir de nouveau la passerelle, au-dessus de cette autoroute fantôme. Ça frissonnait dans mon ventre. J'allais revoir Sohan. Je me suis rendue à son appartement, mais d'autres personnes y vivaient. Déboussolée, j'ai atterri au Bar de la Station, où tant de souvenirs nous unissaient. Le patron, Yanis, m'a accueillie avec un air gêné, j'ai trouvé ça bizarre. Voyant ma tête, il a compris que je n'étais pas au courant. Il m'a emmenée sur le toit-terrasse, à l'abri des clients et du monde, pour m'apprendre la nouvelle. Pétrifiée, je l'ai laissé me prendre dans ses bras. En relâchant sa vaine étreinte consolatrice, il m'a donné une lettre que lui avait confiée Sohan au cas où il lui arriverait quelque chose. J'ai dit à Yanis que j'avais besoin d'un moment seule. Je suis restée plantée là comme une conne, l'enveloppe au bout des doigts, ahurie par toute cette fureur qui s'abattait sur moi, jour après jour, sans s'arrêter. Je me suis écroulée sur le sol. J'étais convaincue que Sohan, lui, résisterait à tout.

Je me suis persuadée qu'il avait péri par négligence, à cause de la violence de ma réaction. Je l'ai imaginé perdre sa vigilance au beau milieu d'une mission. Son esprit ailleurs, avec moi, avec cet enfant qu'on aurait pu avoir un jour, et qui aurait peut-être connu la paix. En rentrant chez moi, j'ai retrouvé ma place noire, assise au pied du frigo, les bouteilles et le bac à glace à portée de main. Rhum cubain, sirop d'érable, glaçons, larmes. Le laissez-passer traînait sur la table basse. Il n'était valable qu'une semaine. Le temps filait et moi j'étais en train de ressasser.

Tu le mérites pas, Layla, ce papier. Toi et ton putain d'orgueil, ton cœur de pierre. C'était l'homme de ta vie et tu l'as laissé partir...

À côté du laissez-passer, la lettre de Sohan que je n'osais pas ouvrir. De ma place, je pilotais mon ordinateur et les vidéos de sa dernière venue à la Cale. Rieur, pas encore dévasté par les choix impossibles.

« J'aurais dû te rejoindre, m'engager dans la lutte à tes côtés. On aurait pu rester ensemble. »

Je venais de balancer ça à son visage arrêté sur l'écran. Perturbée, un peu ivre, j'ai fait une fausse manipulation et les images de la prise d'otages sont apparues. Les clients couchés et les terroristes déambulant entre les corps. La lourde godasse d'un facho secoue la tête d'un homme, prête à l'écraser. Hors champ, une salve de tirs s'abat sur un type qui pleurait trop. Puis sur son compagnon. Et un déluge d'insultes homophobes se déverse sur leurs cadavres. Comment peut-on injurier un mort ? Le criminel se met à parler des camps, se vantant que, de leur côté de la ville, ces dégénérés seraient enfermés depuis longtemps.

J'ai balayé ces horreurs et fui en arrière pour retomber sur la première vidéo de Sohan, cinq ans plus tôt. En face de moi, son regard déjà amoureux et ses lèvres fines, desquelles s'échappe son histoire. Et celle de son grand-père, qu'il admirait tant. Revoir ces images a fini par me redonner du poil de la bête. J'ai ouvert mon logiciel de montage, créé une nouvelle séquence au cœur du film, consacrée à Sohan. Il n'était pas à l'aise avec la parole, sauf quand il se mettait à me parler de cette société qu'ils allaient construire une fois que la rébellion serait arrivée à déloger le pouvoir en place. Ses mains tendues se libéraient et s'agitaient devant son visage, jusqu'à transpercer l'écran. Une belle île au milieu de l'océan de témoignages. Il y semblait si vivant.

Le lendemain, j'ai confié les clés de mon appartement à un ami et sa famille qui s'entassaient dans un bidonville depuis trois mois. En quittant l'immeuble, le chat sous le bras, j'ai eu un léger pressentiment : j'ai jeté un dernier coup d'œil à ma boîte aux lettres, même si la Poste ne marchait plus depuis un bout de temps. Une enveloppe, sans timbre. Encore une... Une écriture que j'ai tout de suite reconnue. Il avait beau avoir changé de sexe, les courbes flamboyantes de ses mots étaient restées les mêmes.

Je croyais Stella morte elle aussi, enfouie quelque part. Son étrange projet d'emménagement à l'Estaque, dont elle m'avait parlé à la fin de son enregistrement, ne présageait rien de bon, même si elle s'était efforcée d'être rassurante. Et la voilà, la pirate, qui avait réussi l'exploit en une seule nuit de s'évader d'un camp, de se rappeler à mon cœur et de quitter la France. Et moi qui la croyais toujours à Marseille ! Elle était là, en mots, depuis le Maroc, grâce à un mystérieux diplomate rencontré là-bas qui avait fait apporter la missive jusqu'ici. J'avais perdu tous ceux que j'aimais, les uns après les autres, et voilà que Stella réapparaissait, tangéroise et apaisée. Et cette tendresse qui glissait entre ses phrases.

Son récit était à peine croyable : l'argent et le projet

d'exil dérobé sur un cadavre, le cargo, une vie nouvelle, les rues blanches et sûres de Tanger. Admirative de son départ, jalouse, envieuse, ses lignes m'ont fait passer par tous les stades. Elle m'écrivait que ce qu'on racontait sur le Maroc était vrai. Une république jeune et dynamique, où tout était possible. Sur la côte atlantique, les villes anciennes et récentes se succédaient jusqu'au sud, au-delà d'Agadir. Depuis les plages, on pouvait apercevoir les éoliennes offshore qui accueillaient les vents dans leurs hélices, avant de les laisser aller caresser les rivages et s'engouffrer entre les immeubles, faisant chuter les températures jusqu'à les rendre agréables. Des vents nouveaux qui étaient apparus à la fin des années 2020, conséquence inespérée des bouleversements climatiques. Derrière les cités, le désert s'était rapproché, mais il était tapissé de panneaux solaires dont la production rendait le pays autonome, mais aussi très riche : des scientifiques marocains avaient trouvé un système pour stocker à long terme l'énergie solaire et éolienne.

Et tu sais quoi, Layla ? Tout ça c'est bien beau, mais c'est rien comparé à la sensation de pouvoir marcher librement dans la rue, de se faire draguer par des filles, de croiser des trans aux terrasses des cafés...

Stella m'écrivait aussi qu'elle avait des contacts solides dans le quotidien national qui venait de l'embaucher : elle allait tout mettre en œuvre pour me faire venir. Mais je ne voulais pas être redevable de ma liberté. Je désirais la prendre.

Il y avait une adresse à laquelle je pouvais poster ma réponse. Depuis qu'Internet avait cessé d'exister, tout était si compliqué ! Mon laissez-passer était encore valable quelques heures, je lui ai répondu à la va-vite, me forçant à écrire à Stella plutôt qu'à Luca. À cette amie précieuse qu'elle était devenue en passant la nuit de la prise d'otages avec moi. Je lui ai donné ma future adresse, puis je suis allée déposer la lettre là où elle me l'avait indiqué. Un ancien toiletteur pour chien reconverti en bureau de poste secret dans le quartier des hôtels...

Les visages de Stella et de Sohan m'ont accompagnée dans mon départ, comme deux fidèles étoiles, deux repères essentiels. Le sésame obtenu à l'abbaye a disparu dans les mains d'un soldat et le grand portail s'est ouvert sur une colline au-dessus de l'Estaque. Dans mon bagage, quelques vêtements, le disque dur contenant mes images et ma caméra. J'ai jeté un dernier regard sur cette ville que je ne reverrai probablement jamais. J'ai grimpé à l'arrière d'un camion-taxi, avec une dizaine de personnes. Un enfant ne me quittait pas des yeux. Il ne les a détournés que pour demander à sa mère s'il pouvait m'épouser.

« C'est pas une bonne idée, mon gars ! » lui ai-je lancé.

Le gosse s'est endormi. J'ai décacheté l'autre lettre, celle de Sohan. Une liasse de billets et un mot. Je l'ai lu en boucle, jusqu'à ce qu'on arrive à Perpignan. Sa lettre était d'une surprenante beauté, lui qui avait tant de mal à s'exprimer.

Une fois à Perpignan, il me restait une quarantaine de kilomètres à parcourir pour atteindre le village. La ligne d'autocar avait été supprimée et il était hors de question que je fasse du stop ou que je prenne un taxi. Me retrouver seule dans une bagnole avec un inconnu m'était inconcevable depuis ce que j'avais vécu. J'ai erré un peu dans le centre-ville jusqu'à ce que je tombe sur une échoppe de troc. J'ai échangé mes baskets contre des chaussures plus robustes. Et je me suis mise en route. Les mots de Sohan ont rythmé mes foulées, qui m'ont peu à peu conduite à l'extérieur de la ville. Je n'ai plus croisé grand monde dans la campagne, mis à part quelques groupes de migrants s'apprêtant à partir à l'assaut de la frontière. Depuis son indépendance, la Catalogne accueillait des réfugiés de toute l'Europe.

Le soleil tapait encore très fort dans cette après-midi d'octobre et j'ai rapidement manqué d'eau. J'ai fait un détour pour me rendre à la rivière. J'avais peur de trouver son lit à sec, jusqu'à ce que le son de sa vivacité me parvienne. J'ai couru vers son rivage. Je me suis roulée dans le torrent comme une gamine, sans prendre la peine d'enlever mes vêtements. J'ai ouvert les yeux sous l'eau et observé les galets et les poissons comme si c'était un autre monde. J'ai laissé la cascade m'écraser les épaules. Après cet improbable manège aquatique, je me suis allongée nue sur un rocher, ma peau a séché aux derniers rayons du soleil. J'ai décidé de bivouaquer ici. Il n'y avait pas meilleur endroit. Une fois rhabillée, j'ai eu de nouveau envie des mots de Sohan. Les paroles de mon homme disparu, la redécouverte de la nature : cette alchimie produisait en moi une étrange ivresse, une mélancolie heureuse. Tout cela avait un côté absurde, j'étais brinquebalée entre une ville en guerre et un village coupé du monde, et j'allais m'octroyer une nuit à la belle étoile au cœur d'un paradis. J'éprouvais la sensation de ne pas le mériter. Et pourtant ce havre de paix était là, dans toute sa splendeur. À ce moment précis, l'évidence m'a sauté au visage : pour la première fois depuis longtemps, il ne s'agissait plus de survivre, mais de vivre. Cet endroit serait le petit théâtre de ma renaissance. Entre ces arbres et cette cascade, les paroles de Sohan dans le creux de ma main, je n'avais plus rien à perdre. Je ne pouvais que *recommencer*. J'ai dégusté mes deux dernières tranches de viande synthétique comme si c'était un festin avant de m'allonger au pied d'un orme, mon shocker électrique à portée de main. Et j'ai passé ma meilleure nuit depuis l'attentat.

Les oiseaux m'ont réveillée à l'aube. Je me suis aussitôt remise en marche d'un pas alerte, bien décidée à brûler toute cette énergie nouvelle. À la mi-journée, exténuée, j'ai fait une pause avant la grande montée vers Oms. J'ai posé mon sac face au centre culturel. Le voir encore debout et en bon état m'a mis du baume au cœur. Des souvenirs de cinéma en plein air, de fêtes de fin d'année, de concerts et d'émois adolescents ont afflué. Soudain, les portes se sont ouvertes, libérant une marée d'enfants qui a rempli l'espace jusqu'au grillage devant moi. Quelques-uns sont venus s'y cramponner pour me regarder comme une bête curieuse. Intriguée, j'ai cherché à comprendre, et mes yeux sont finalement tombés sur une petite pancarte au-dessous de l'enseigne du centre : *orphelinat*.

Durant toute la montée jusqu'aux premières maisons d'Oms, je n'ai cessé de penser à ces pauvres gosses, victimes collatérales de ce chaos.

Le village n'avait pas beaucoup changé. La vieille église et le centre historique qui l'entourait étaient toujours debout. J'ai eu un pincement au cœur quand j'ai aperçu le mas familial. Je suis restée plantée dans la rue à le fixer un moment. À l'intérieur, du silence et du désordre. On sentait que la maison avait été régulièrement squattée. Je me suis effondrée sur un canapé poussiéreux et j'ai relu le dernier paragraphe de la lettre de Sohan.

Mon amour, cours vers ces chemins qui s'ouvrent à toi.

Les camarades vont vaincre et tu feras partie de celles qui construiront cette société nouvelle. Je t'embrasse fort, depuis un monde où la guerre n'existe pas.

Je tangue d'émotion, ivre du souvenir de ses mots. Je repousse les branches et enjambe les arbres morts, j'avance maladroitement dans l'obscurité, les flocons s'amassent sur mon visage, je repense au Sohan de quinze ans qui venait me parler tous les matins devant le collège. Conne d'ado que j'étais, incapable de me laisser séduire... Je glisse et me rattrape in extremis à une branche. Je peste contre moi-même et mon inattention. À mes pieds, un ravin que je ne reconnais pas. Je me retourne, intriguée. J'ai perdu le sentier. Je longe un moment le précipice puis reviens en arrière, le souffle court. Je croise le regard d'une chouette qui me fixe d'un air ahuri. Je cherche un repère autour de moi, je panique. L'oiseau hulule, j'ai l'impression qu'il raconte à toute la forêt que je suis foutue. Comment j'ai pu me paumer dans ces bois que je connais si bien ? Je lève les yeux au ciel. Des drones volent groupés, très haut. La chouette s'envole, je sursaute, l'insulte. Je remonte à flanc de colline, ma respiration s'accélère. Je jette un coup d'œil à mon signaleur, mais il me semble avoir perdu la boule : ma position sur l'écran ne correspond à rien. Si je m'éloigne trop du chemin, je risque d'atteindre les rails trop haut. À un endroit où le train reprend de la vitesse, et où je serai visible pour les drones...

Soudain, à travers le blizzard, j'entends un craquement de branche. Puis un bruissement. Je me fige. Quelqu'un avance vers moi. Les drones m'ont repérée, un voisin m'a dénoncée, un capteur en pleine forêt, la douane volante...

Les bruits deviennent réguliers. Ils se rapprochent. Ça y est, c'est terminé. Je tends l'oreille, sors mon couteau. Le danger ménage son entrée. Mon cœur bat la chamade, les cris de la nuit de l'attentat me reviennent. Plus la guerre avance et moins ceux qui sont armés réfléchissent avant de tirer, quel que soit leur camp. Je retiens mon souffle. Je vais crever là, dans la boue, à quelques kilomètres du village. En attendant, je me recroqueville derrière un arbre, ferme les yeux et respire lentement, déterminée à chaque inspiration à m'enfoncer un peu plus entre ses racines.

Pour que mon laissez-passer soit validé, j'ai dit que je retournais habiter avec ma famille. Mais le mas était vide depuis plus de deux ans, depuis que mon père avait obtenu un poste à Paris grâce à un ami. Il faisait partie des rares provinciaux à avoir eu l'autorisation de pénétrer dans cette ville devenue pays. Où les habitants vivaient cloîtrés dans un petit paradis, derrière des murailles qui touchaient les nuages.

J'ai passé quelques jours à mettre de l'ordre et à faire des travaux dans cette bâtisse, qui menaçait de s'écrouler par endroits. J'en ai fait un nid où je pouvais tenir tout l'hiver. Certains jours, des migrants frappaient à la porte de derrière, demandant l'hospitalité pour la nuit. Je les laissais occuper la chambre de mes parents. Mon village était pour eux la dernière étape avant de traverser la frontière franco-catalane, qui se trouvait à quelques heures de marche. L'étape des prières.

Grâce à l'argent laissé par Sohan, j'ai pu m'acheter au marché noir à Perpignan une carte de rationnement d'un niveau correct, et un ordinateur. Chaque soir, je me suis attelée au montage de mon film. Je me devais de le terminer au plus vite. J'ai commencé par y intégrer le témoignage poignant que Stella m'avait enregistré la nuit de sa venue. Cela m'a donné le courage d'enfin dérusher entièrement les images de l'attentat, accompagnée par le rhum et les anxiolytiques. Après que les terroristes nous avaient fait allonger au sol, j'ai sorti ma micro-caméra sans me faire remarquer. J'ai capté leurs gestes, leurs crimes de sang-froid, leurs paroles racistes et homophobes. Dans mon film, la séquence est longue, brute : quand ils verront ça à Tanger et ailleurs, ils ne pourront plus dire qu'ils ignorent ce qui se passe de l'autre côté de la Méditerranée.

Je m'endormais souvent sur mon clavier au petit matin. L'après-midi, j'allais me promener un moment, laissant la forêt m'absorber, m'apaiser. Les yeux méfiants des voisins ne m'atteignaient pas. J'étais au-dessus de leurs soupçons. Je ne parlais à personne, sauf aux migrants que j'accueillais, et à Nassim que j'allais voir régulièrement. Pour tenter de m'arracher un rire, il se moquait de moi et de mes racines algériennes.

« Nous, les Marocains, on vous a bien eus ! On a racheté votre Sahara dune par dune pour le tapisser de panneaux solaires. Mais on vous fait un prix, quand même, quand vous nous achetez l'énergie, hein ! »

Ma balade se terminait régulièrement devant la tombe de ma mère. Une fois, j'ai apporté une petite enceinte, pour lui faire écouter la musique du grand-père de Sohan. Le piano m'a donné le courage de parler, par-dessus les notes, et de lui confier ma vie depuis le début de la guerre. Elle n'avait pas survécu à la famine dont avait été victime la région après sa brève annexion par les fascistes, il y a trois ans. Ceux qui étaient un peu trop mats de peau s'étaient vu attribuer des cartes de rationnement non prioritaires. Même Nassim n'avait pas pu aider.

Ma routine a été bouleversée lorsque j'ai reçu la seconde missive de Stella. L'enthousiasme de sa première lettre m'avait paru si naïf que je n'attendais rien de concret. Et puis comment un courrier pouvait arriver jusque dans mon patelin ? Un matin, j'ai été réveillée par ce bruit oublié. Le « cling » de la boîte aux lettres. J'ai bondi de mon lit pour aller voir. Une silhouette a disparu au coin de la rue. J'ai levé les yeux, pour découvrir la demi-douzaine de visages suspendus aux fenêtres, eux aussi attirés par ce son métallique de l'Ancien Monde. J'ai ouvert la boîte : une enveloppe baignait dans un nuage de poussière.

Stella me faisait une stupéfiante promesse : celle de m'envoyer un billet pour un express maritime Barcelone-Tanger qui partirait en décembre, deux mois plus tard.

« Mais comment tu veux que je passe la frontière, andouille ? » lui ai-je répondu à haute voix dans le vide. Elle m'écrivait aussi, avec un style à la fois doux et provocant, qu'elle rêvait souvent de moi. Des songes qui mêlaient notre histoire, la nuit de l'attentat et un futur proche où je marchais avec elle sur la grande plage de Tanger. C'était si troublant de retrouver ses phrases, huit ans après ses dernières lettres d'amour.

Trois semaines plus tard, la boîte aux lettres a de nouveau tinté. À l'intérieur, le billet de bateau promis. Et un petit mot, écrit par un contact de Stella. Qui parlait d'un train.

Les bruits se font plus distincts. Tétanisée, je me tourne lentement. Une masse noire avance à quatre pattes vers moi : un chien ! L'animal est couvert de neige, il s'approche tête baissée et regard levé vers moi, comme pour me demander la permission de m'accompagner. Soulagée, je me mets à genoux et lui secoue les oreilles.

« Mais... »

Il ressemble comme deux gouttes d'eau à la chienne de Sohan, Tornade. C'est impossible. Je lui caresse la tête en me moquant de moi-même.

« C'est lui qui t'envoie me chercher, hein ? T'as un message pour moi ? »

Elle gémit, comme si elle voulait me demander quelque chose.

« Quelle idée de me suivre avec ce froid et cette neige, t'as pas autre chose à faire ? Allez, rentre au village. »

Je lui montre la direction, mais elle ne veut rien entendre. Je lui fais signe de partir, tout en continuant ma route. À peine ai-je fait quelques pas qu'elle trotte de nouveau derrière moi. Elle est aussi têtue que son sosie marseillais. Je lui dis un peu plus fort qu'elle doit rentrer, que ce n'est pas un voyage pour elle. Ça la fait sursauter, mais rien n'y fait, elle s'assoit quand je m'arrête et reprend la marche quand je redémarre. Je saisis une branche morte et la menace. Apeurée, elle fait quelques pas en arrière, rabat ses oreilles et grogne pour exprimer à la fois son mécontentement et sa ténacité. On se jauge quelques instants, elle passe devant moi et poursuit son chemin. Une folle intuition me traverse. C'est moi qui marche dans son sillage à présent. De toute façon, je suis perdue, je ne reconnais plus rien. Elle accélère, j'ai du mal à la suivre, elle ralentit pour m'attendre. Le blizzard se calme, les mélèzes s'immobilisent. La chienne continue à avancer d'un pas décidé. Le ciel se dégage, libère les étoiles. J'aperçois le sentier. Je m'arrête et me mets à rire. J'ai retrouvé la bonne direction grâce à elle ! Ma bienfaitrice se met à aboyer. On marche en silence, se focalisant sur le chemin qui s'efface par endroits.

Je guette au loin la voie ferrée qui émerge entre les arbres. Tous les jeudis, vers six heures trente du matin, passe un train de marchandises qui traverse la frontière. Dans ce train, l'ami de Stella m'a écrit qu'un ou deux wagons étaient vidés par des rebelles, avec la complicité de cheminots catalans, pour permettre à des migrants d'y monter et de fuir. Il s'avère que les rails sont abîmés à certains niveaux, ce qui oblige le train à ralentir. Grimper dedans serait alors un jeu d'enfant. Enfin, d'enfant agile... Si ça se trouve, cette histoire est aussi une rumeur et peut-être qu'il n'y aura ni train, ni wagon accueillant.

Soudain, j'aperçois de nouveau l'escadrille de drones. Cette fois, ils semblent se diriger vers nous. Ils ont dû repérer la chienne et reviennent vérifier que ce n'est pas un fuyard. Je me mets à courir, l'animal adopte mon rythme, je dévale, glisse sur une plaque de verglas, mais on atteint mon objectif avant que les drones piquent vers nous : une ancienne cabane de berger. Une armada de chauves-souris qui n'apprécie guère notre entrée dans leur refuge se met à tourner autour de nous en criant. Je me protège le visage, elles se cognent contre nos corps et contre les parois. Le silence se fait enfin. Ma Tornade se couche, épuisée par cette drôle de bousculade. À peine assise, j'entends les appareils effectuer leur descente. Je retiens la chienne lorsqu'ils passent juste au-dessus de nous. Leurs lumières bleues nous parviennent à travers le toit de notre cachette. Le bruissement des arbres s'intensifie. Je me sens bien abritée, j'embrasse ma petite camarade sur la tête. Je me serre contre elle un moment pour me réchauffer. On doit attendre encore un peu avant de sortir, laisser les drones s'éloigner. Je décide de badigeonner la chienne de graisse. Elle n'aime pas ça du tout mais elle se résigne. Ça lui fait une tête pas possible, je me mets à rire et à la remercier pour ça. Je lui raconte un des témoignages de mon film, celui d'un homme qui avait dressé son bouledogue à franchir la frontière entre deux zones. L'homme était en couple avec une femme qui vivait dans la partie nord, mais aucun d'eux n'avait de laissez-passer et ils étaient tous deux surveillés pour suspicion d'activités illégales. Ils se servaient donc du chien pour échanger des messages et des vidéos, qu'ils cachaient dans le collier de l'animal.

« Bon, allez, Tornade Bis, fini les massages de graisse et les histoires, on reprend... »

Un éclair blanc me brûle les yeux. Un minidrone est entré dans la cabane et nous aveugle avec son faisceau. Stupéfaite, je n'ose pas bouger. La chienne bondit sur la machine et la plaque à terre. Cette dernière riposte en lui assénant une décharge électrique. L'animal s'écroule dans un jappement strident. Je panique, la rage me gagne. Armée d'une grosse pierre, je me laisse tomber sur le drone et l'écrase. Je le réduis en miettes. J'enduis ce qu'il en reste de graisse étoilée pour qu'il ne soit pas repérable. La chienne est couchée sur le flanc. Elle respire difficilement, sa langue pend et forme cette grimace canine qui nous fait croire que les chiens sont toujours en train de sourire. Sous mes caresses, elle se relève.

Quand nous arrivons au lac, j'en tremble encore.

J'imagine des militaires cachés derrière les arbres, prêts à tirer. Sur le rivage, la chienne se met à vomir. Je m'accroupis pour la rassurer. Mes yeux glissent sur la surface gelée du lac. La glace se brise dans mon esprit, je me revois nager avec mes amoureux, avec Luca, avec Sohan. Je les imagine entrer dans l'eau froide comme si c'était hier, avec les mêmes frissons, le même regard qui se tourne vers moi pour m'interroger. Aujourd'hui ils ont plongé vers l'ailleurs, chacun à leur manière. Je les aime si fort.

La neige tombe de nouveau. Ma Tornade est repartie, elle a une dizaine de mètres d'avance sur moi. Elle s'écarte du sentier qui longe le lac pour couper à travers bois, en direction des rails. Elle s'arrête et m'attend. Je suis sidérée : elle connaît le trajet jusqu'au bout.

« Toi aussi, tu veux te barrer d'ici, hein ? » lui dis-je en la dépassant.

Un sourire s'ancre sur mon visage. Et peut-être une forme de vertige, celui d'être au bord d'une vie nouvelle. La voie ferrée se dévoile derrière les arbres. Un rai de lumière au loin. Un drone. Il vole à basse altitude en suivant les rails. Paniquée, je fais deux pas en arrière, je bute sur une racine et m'écroule de tout mon long. L'oiseau métallique approche. J'attrape la chienne et la force à entrer sous mon manteau. Je la serre fort contre moi, mon autre main ferme son museau. En guise de représailles elle se met à pédaler sur mon torse, entaillant ma chair avec ses griffes. Je me retiens de crier de douleur, j'arrête de respirer lorsque l'appareil passe à notre niveau. Je l'entends s'approcher, je ferme les yeux, je sens son capteur bleu me fixer. Je prie pour que la graisse étoilée soit efficace, pour que la chienne ne bouge pas. Au bout de quelques interminables secondes, l'appareil s'éloigne. J'expire enfin, laissant échapper la chienne qui bondit hors de mes bras. Je suis prise d'une violente quinte de toux mais je reprends ma route sur une centaine de mètres, jusqu'à distinguer une borne portant le numéro quarante-huit. Je suis au bon endroit. Mon regard caresse les rails usés qui commencent à se faire manger par la végétation. Je revois d'autres rails, ceux de la petite gare de La Ciotat, que je fixais depuis le quai en attendant le train qui me ramenait chaque jour de l'école de cinéma à Marseille. Il y avait cet étudiant qui prenait la même ligne que moi. On ne se parlait jamais en cours, mais un jour, alors que le train avait plus d'une heure de retard, il m'a abordée. Il avait une démarche étrange, mais un beau visage, pur, cristallin.

« Excuse-moi, mais... je me suis dit que... vu qu'on prend le même train trois fois par semaine, qu'il est souvent en retard, qu'on a ce film en duo à faire...

— Ouais, vas-y, accouche !

— Ton projet vidéo de février, t'as déjà un binôme ?

— Ah c'est ça ! Non, pas pour l'instant. J'ai pas trop eu le temps d'y penser.

— Bon. Tu sais que dans cette gare ils ont tourné le premier film en 1895 ? *L'Arrivée d'un train en gare de La Ciotat...* »

Il commençait à me plaire. J'étais un peu une touriste dans cette école de cinéma, je ne savais pas très bien ce que j'y faisais. Mais lui, j'avais l'impression qu'il s'adressait à quelqu'un... À une Layla qui n'existait pas encore, que je n'osais pas tout à fait devenir.

« Tu vois, je me suis dit que, cent quarante-cinq ans après, on pourrait tourner la suite : *Départ d'un train en gare de La Ciotat. Le dernier film de l'histoire du cinéma.* »

J'ai éclaté de rire. Mais il n'avait pas honte de son idée. Il souriait sagement, attendant ma réponse.

« OK, ça marche. On commence quand ?

— Ben là, maintenant, si tu veux », m'a-t-il dit en me montrant du doigt le train qui arrivait enfin.

Il a sorti sa caméra avec des gestes malhabiles.

« Ah, au fait, je m'appelle Luca. »

On en a connu plein d'autres, des quais. Ce travail d'école a débouché sur une série documentaire autour de la transformation des gares. On allait filmer les derniers trains de voyageurs, les gares abandonnées squattées par des artistes, des sans-abris ou des migrants. Luca a laissé tomber le cinéma pour le journalisme, mais il adorait m'accompagner. Et puis un jour, sur le quai désaffecté de la gare d'Arenc, près des docks de Marseille, tout s'est terminé. On aimait se retrouver là pour s'abriter du monde. Des scènes de guérilla urbaine se produisaient dans le nord et l'est du pays, Paris commençait à s'isoler, la France Brillante plaçait ses pions. Je serrais fort dans mes bras celui que son entourage appelait Stella depuis plusieurs semaines. Tout le monde, sauf moi. Le jour où il a entamé son traitement hormonal de transition, il a exigé de tous ses proches qu'ils s'adressent à lui ainsi. Je l'ai accompagné et soutenu durant cette phase, mais j'étais incapable de l'appeler Stella. Pourtant je m'étais persuadée de mon amour pour cette femme qu'elle s'apprêtait à devenir, me répétant intérieurement les mêmes promesses en boucle.

Je continuerai à l'aimer, comme avant, et encore plus, car elle sera enfin elle-même.

Mais là, sur ce quai, sa tête appuyée sur ma poitrine, j'ai basculé. Je me suis mise à penser à moi. Mon regard s'est plongé dans le vide, fixant un point imaginaire autour duquel je capitulais. J'ai préparé mes mots. Dès qu'elle se détacherait de notre étreinte pour me demander à quoi je pensais, je laisserais s'échapper de mes lèvres les paroles qui abattent, je descendrais de ce train lancé à toute allure et je quitterais cette gare pour ne plus jamais y remettre les pieds. Et j'accepterais ce boulot dans ce bar de nuit pour me noyer dans d'autres yeux. Ceux de Sohan apparaîtraient quelque temps après, je me loverais en eux jusqu'à ce que le même ravin se présente. Il choisirait la voie de la lutte, je serais fière de lui jusqu'au jour où il s'engagerait un peu plus fort, avec les armes, dans le commando de son frère où l'on était prêt à crever pour la cause, et encore une fois, des années après Stella, je croirais pouvoir le soutenir, mais je n'y arriverais pas, je deviendrais un poids pour lui et il disparaîtrait, mes pensées se perdent dans un dédale d'amour, de disputes, de nuits entières à me convaincre que je suis tombée amoureuse d'un combattant, que je suis tombée amoureuse d'une femme, un lointain son métallique se glisse dans la noirceur de mes remords et me ramène à la nuit présente.

Le train. Je vérifie l'heure. Ce n'est pas possible, il ne peut pas être à ce point en avance. Je me mets à courir comme une dératée, la neige fouette mon visage, la chienne me suit en aboyant, elle doit croire que je veux la semer, j'accélère autant que je peux, le train entre dans notre champ de vision, disgracieuse bête de fer. Je reconnais l'inscription sur la locomotive, c'est bien celui-là. Le contact de Stella m'a parlé des deux derniers wagons, je cours en suppliant, la fin du train approche, une porte coulisse devant moi. Une silhouette surgit de l'ouverture et me hurle quelque chose que je ne comprends pas. Je lui lance de toutes mes forces mon bagage. L'homme l'attrape au vol et le jette à l'intérieur. L'instant d'après il me tend les bras, j'y suis presque, la chienne défie les cris aigus du train par ses aboiements puissants. L'homme saisit ma main, mais elle glisse et lui échappe. Je m'essouffle, je vais exploser. Il se met à plat ventre, quelqu'un le tient par les jambes, et il se retrouve avec tout l'avant du corps dans le vide. Il parvient à empoigner mon bras, ma taille, je me sens emportée dans les airs. Je retombe lourdement sur le plancher du wagon. Autour de moi, des silhouettes dans l'obscurité, et derrière, les aboiements déchirants. Je me dirige vers la porte que l'homme s'apprête à refermer, je le bloque un instant et envoie un baiser à la chienne dont le regard désespéré s'accroche au mien. Un virage, on disparaît l'une pour l'autre. Je me retourne vers l'intérieur du wagon et lance un faible et timide « bonsoir » aux voyageurs. Des murmures se mêlent et me souhaitent la bienvenue. Un adolescent s'affaire à rallumer des bougies qui ont dû se renverser lorsque je suis montée. Je me rends compte que tout le monde se serre pour se tenir chaud. Je me fais une place près d'une vieille dame. L'homme qui m'a fait grimper guette à travers une fine ouverture d'autres fugitifs.

J'y suis.

Je devrais être soulagée d'avoir réussi, remercier le type qui m'a aidée, Dieu, Stella et son messager bienfaiteur dont je ne connais même pas le nom, je devrais sourire aux silhouettes qui m'entourent, mais au lieu de ça une immense tristesse remonte de mes entrailles comme de la bile, et j'éclate en sanglots, je marmonne, des spasmes secouent mon grand corps. Je sens une main apaisante qui caresse mon dos. Je tourne la tête et à travers le rideau de mes larmes, le visage de la vieille femme me sourit.

« Ma fille, comment une grande dame comme toi peut-elle pleurer ainsi ? Calme-toi, tu es en sécurité avec nous. »

Je hoche la tête pour la remercier. Elle me tend un mouchoir, j'essuie mon visage puis le sang sur ma poitrine. J'emporte juste au-dessus de mon cœur les griffures de Tornade Bis comme souvenir de cette nuit irréelle. La femme caresse ma nuque. Elle pose sa tête contre mon épaule et sa petite main fripée sur ma cuisse. Je lève les yeux, observe les visages qui m'entourent. Tout le monde me fixe avec une curiosité bienveillante. On doit être trente là-dedans. Surtout des femmes. Un bébé gazouille dans les bras de sa mère. La porte s'ouvre de nouveau, laissant entrer le blizzard mordant. Deux hommes montent. Je me serre contre ma voisine pour leur faire de la place.

D'un coup, le sommeil me rattrape. Je rêve que je suis allongée sur ce banc où Sohan et moi discutions, adolescents. Je m'aperçois que derrière les grilles ce n'est pas mon collège, mais une clinique de réassignation où Stella est en train de se faire opérer. Je l'attends. Un garçon m'accoste pour me demander du feu en me vouvoyant. C'est Sohan, adolescent. Je ris en le prenant dans mes bras. On s'assoit sur le banc en silence, doucement ivres du bonheur de se retrouver. Aucun de nous n'ose dire un mot. Un peu plus loin, derrière des rails orphelins, le grand-père de Sohan s'installe à un piano et entame un morceau. Stella sort de la clinique et vient nous rejoindre. Sohan se lève, je le rattrape. De sa bouche s'échappe une phrase de sa dernière lettre. *Là où je suis maintenant, je peux me permettre d'être plus fiable que nos horoscopes foireux : je peux t'assurer que la prochaine histoire que tu vivras sera exceptionnelle, le « grand amour », comme on n'ose plus dire, et cette histoire aura le pouvoir de recouvrir toutes ces horreurs.* Il caresse mon visage, s'éloigne en longeant les rails. Une autre main me serre tendrement la nuque. Les doigts de Stella pianotent sur ma peau. Toufik se met à jouer de plus belle, et peu à peu sa mélodie résonne comme les gémissements d'un vieux train.

Je suis réveillée par des soubresauts. On commence à gravir une côte, la frontière approche. Un des deux hommes qui viennent de monter se met à me parler, mais je ne comprends pas sa langue. Il en a conscience, mais le besoin de se confier est trop fort, il poursuit en accélérant la cadence. J'acquiesce en souriant à tout ce qu'il me dit. Le train amorce un virage avant de ralentir.

« On passe le poste-frontière, juste avant Port-Bou », lance la vieille femme.

Des sirènes au loin, des sifflets, des crissements, le moindre son extérieur devient une menace. Tout le monde semble s'être arrêté de respirer. Sauf mon voisin, qui continue à me parler à voix basse. Soudain, on sent dans nos ventres le train accroître sa vitesse, une petite fille se lève et colle son œil à la paroi, contre une fente qui laisse passer les premières lueurs du jour. Tous les regards sont suspendus à cette enfant. Elle chuchote quelques mots avant de hurler « Catalogne ! », et les applaudissements crépitent, se mélangent aux cris. Les corps jusqu'ici figés par la peur et le froid s'abandonnent à présent dans la joie, et on se serre, s'embrasse, rit, exulte. J'ouvre mon sac, sors ma caméra, et dans un coin j'aperçois Sohan, il me fixe amoureusement, je soutiens son regard jusqu'à ce qu'il disparaisse, mes yeux glissent, embués, et, debout, à l'autre extrémité du wagon, se trouve Stella. Elle ne me voit pas, mais semble attendre, m'attendre sur un quai de moins en moins lointain.

J'essuie mes larmes, allume ma caméra. Je cadre en gros plan la petite fille qui continue à crier de joie.

Ça y est, tout commence.

REMERCIEMENTS

À Camille Deltombe, Nanou Harry, Ollivia de la Vallière, Jean Denizot, Vincent Pieri, Patrice Wuine.

À Ludovic Escande, Andrea Guiducci.

L'auteur a bénéficié pour la rédaction de ce livre d'une résidence d'écriture à Thélème, château des Bretonnières.

Composition : PCA/CMB
Achevé d'imprimer
sur Roto-Page
par l'Imprimerie Floch
à Mayenne, en janvier 2021
Dépôt légal : janvier 2021
Numéro d'imprimeur : 96116

ISBN 978-2-07-288564-8 / Imprimé en France.

363322